구해줘、밥

'한국인의 밥상'에서 찾은
단짠단짠 인생의 맛

김준영 지음

구해줘, 밥

한겨레출판

프롤로그

자고 나도 늘 몸은 무겁고 머리는 멍하던 어느 날, 밥을 먹는 둥 마는 둥 헐레벌떡 뛰쳐나가려다가 갑자기 모든 걸 내려놓고 싶어졌다. 세상은 너무 빨리 도는데 내 몸의 생체시계는 너무 느려서 아무리 마음으로는 빠르게 움직이려고 애써도 보조를 맞출 수가 없어 좌절감이 들었다. 그 무렵 나는 모든 것에 화가 났다.

역량에 넘치도록 욕심을 채우느라 숨 쉴 틈도 없이 달렸는데, 내가 가진 거라곤 모니터와 함께 살아온 시간이 남긴 어깨 통증과 침침한 눈, 가슴에 가득한 울화밖에 없는 것 같았다.

어딘가에 소속되고 싶어서 예술인 등록을 해보려고

했더니, 내가 TV 프로그램을 만들었다는 것을 증명하라고 했다. 근거를 찾아 온라인 세상을 헤매다가 2차 충격을 받았다. 20년 넘게 그렇게 열심히 방송 프로그램들을 만들어댔는데, 홈페이지에도, 프로그램 소개란에도 내 이름은 없었다. 관련 기사에도 내가 만든 프로그램의 내용은 나올지언정 답사하고 취재하고 촬영 구성하고 편집안 짜고 원고를 쓴 내 존재는 없었다. 서글펐다.

한동안은 프로그램 영상 마지막의, 눈이라도 길게 깜빡이면 금세 사라져버리는 엔딩 스크롤 속 내 이름에 집착하다가 나중엔 그것도 우습다 싶어졌다. 우울감과 무력감, 글로만 보던 '번 아웃'이 찾아온 것이다. 그렇게 모든 게 싫은 상태로 몇 달을 살던 어느 날 옷핀을 찾는다고 방마다 서랍을 뒤지다가 먼지 쌓인 노트 더미를 발견했다. 취재 노트였다.

4년여 동안 KBS 〈한국인의 밥상〉을 하면서 만나고 들었던 사람들의 삶과 그 삶이 녹아 있는 음식 레시피들이 거기 있었다. 나만 알아볼 수 있는 지렁이 글씨 속에 담긴 사람들의 이야기는 이미 한번 들었던 이야기였지만, 전혀 다른 의미로 다가왔다.

송이 박나물 무침, 고기 무자고 볶음, 갓김치 멸치 육젓, 삼치 껍질 유비끼, 토란탕, 메밀반대기, 거지탕….

그 지역 사람들이 부르는 이름대로 투박하게 적힌 음식들 속에는 한겨울 눈 사냥을 그리워하는 70대 산골 할아버지의 눈물도, 쉰이 넘은 딸의 얼굴을 쓰다듬으며 연신 "예쁘다, 예쁘다"라고 속삭이던 치매 앓는 어머니의 아름다운 손길도, 깊은 산골 처녀 농군과 결혼한 군인 아저씨의 애틋하고 아름다운 연애담도 녹아 있었다. 따뜻했고, 위로가 됐다. 울컥 눈물이 났다.

내게도 남은 게 있었다는 생각 때문인지, 아니면 그동안 투덜대기만 했던 내 모습이 이들의 투박하지만 진한 삶의 이야기 속에 투영돼 부끄러워서였는지 알 수 없었다. 그리고 그동안 숨도 못 쉬게 바쁘다는 핑계로 한 번도 시도해본 적 없었던, 〈한국인의 밥상〉 속 음식들을 하나씩 만들어보기 시작했다.

당시 내게는 정말 이 세상이 정글처럼 느껴졌다. 조금이라도 약해 보이면 언제든 숨통을 끊어놓을 적들이 숨어 있는 것만 같은…. 그런 정글 같은 세상 속에서 하이에나 같은 사람들에게 물려 고통스러운 순간마다 그 따뜻한 음식의 온기와 농촌, 어촌, 산촌 어르신들의 이야기는 위로가 됐다.

삶의 길은 하나가 아님을, 찬찬히 들여다보면 어떤 삶이 더 낫고 더 모자라다 말할 수 없을 만큼 모두의 삶

속에 누구에게도 없는 보석 하나쯤은 있다는 것을 깨우쳐준 이들의 이야기를 내 부족한 글로나마 남기고 싶었다. 그리고 이 이야기가 나처럼 주체할 수 없는 '분노의 계절'을 맞고 있는 어느 누군가에게는 약보다 더 나은 위로가 됐으면 하는 바람이다.

마지막으로 내가 찾아갔던 백두산과 전국 팔도 방방곡곡의 여러 어머님, 아버님 들께 긴 시간 따뜻한 이야기를 들려주셔서 그때도, 내 분노의 계절에도, 그리고 지금도 감사한다고 말씀드리고 싶다. 감사합니다.

김준영

차례

3부 그리움을 녹여 먹다

4부 그래 이 맛, 다 자기 멋에 산다

1부

삶이 지치게 할 때,
분노를 갈아서
쌈 싸 먹다

일이 삶을 공격하는 날엔 김을 씹자

물김에 참기름 소금장

"이건 이렇게 고치고, 저건 저렇게 고치고."

"이건 다 했어? 아직 안 했어? 왜 안 했어? 저건…. 어쩌고 저쩌고…."

또 시작이구나.

그가 사무실 전체를 돌며 목청을 높인다는 건 조심해야 한다는 신호다. 다른 팀에서는 두 사람이면 너끈하게 하고도 남을 일을 몇 배나 더 되는 인원을 데리고 하는 이른바 '꿀 빠는 팀'의 수장인 그는 한 번씩 윗사람들에게 '나 지금 열심히 일하고 있어요~'라고 과시해야 할 필요를 느끼는 모양이다. 오늘이 바로 그날이다.

찬찬히 보면 그가 지금 괜히 남들을 닦달하며 자신

이 일하고 있음을 티내려 애쓴다는 사실을 알 수 있지만, 지나치며 흘긋 보는 사람에겐 그가 다른 사람이 다 엉망으로 만든 일을 적극적으로 나서서 바로잡고 있는 것처럼 보인다.

그는 자신이 노리는 것을 어떤 퍼포먼스로든 쟁취하고 마는 타고난 연기자다. 매번 이런 간단한 눈속임으로 그는 원하는 것을 쉽게 얻어낸다. 누군가 그의 팀에 "인원이 너무 많지 않냐?"라고 하거나 어떤 이유로 그가 자기 위치에 대해 불안감을 느끼는 일이 생기면 그날은 이런 퍼포먼스가 벌어진다.

한 달에 대여섯 차례 벌이는 이른바 목청 퍼포먼스. 그가 이렇게 자기 영역 표시를 하며 돌아다니기 시작하면, 슬그머니 뒤로 물러서 있어야 안전하다. 이런 때 만약 내가 자신의 영역을 침범한다고 느끼게 하거나 상사에게 눈길이라도 한 번 더 받는다고 생각하게 하는 불상사가 생긴다면 그는 가차 없이 날 깎아내리고 무덤 속에 파묻어버리기 위한 작업에 돌입할 것이다. 오늘은 조용히, 있는 듯 없는 듯 유령처럼 지내야 하는 날이다.

회의시간, 뭔가 아이디어를 내보라는 상사 앞에서 나는 최대한 말을 아낀다. 그런데 상사는 내 눈을 빤히 보며 뭔가 얘길 해보라며 재촉한다. 그리고 안 그래도 되는데 굳이 그 아이디어가 맘에 든다며 추진해보자고 한다.

'오늘은 그가 목청 퍼포먼스를 한 날인데….'

역시나 그의 눈빛이 심상치 않다. 이제부터 시작되리라. 말꼬리 잡기와 걱정해주는 척하면서 뒤통수치기, 내 후배들의 공로를 치하하며 나를 깎아내리기 등 온갖 스킬의 향연이. 그럼 난 또 아무렇지도 않은 척 참으며 능치고 웃는 고수의 스킬을 구사하지 못하고 아마추어처럼 욱하고 맞서 싸우려 들 것이다. 이게 나의 병폐다.

생각만 해도 지긋지긋하다. 왜 이놈의 사회는 '나는 전적으로 네 편'이라거나 '너를 넘보기엔 내가 너무 모자란 인간'임을 거짓으로라도 증명해야만 인정도 있고 동정도 있고 배려도 있는 것일까? 전에도 이런 문제로 고통받고 있을 때, 존경하는 한 선생님께서 이런 얘길 해주신 적이 있다.

"일에서 뭘 구하려고 하지 마. 일은 그냥 밥벌이야, 돈 버는 일. 일 말고 다른 데서 성취를 찾든 재미를 찾든 친구를 찾든 배려를 찾든 하란 말이야."

'밥벌이. 그래 밥벌이다.' 그런데, 자꾸만 이런 의문이 든다. '밥벌이도 삶의 일부분인데, 그것도 엄청 큰 부분인데 밥벌이에서 인간적인 어떤 걸 찾으면 왜 안 되는 거지?'

다들 일과 삶을 분리해 밸런스를 잘 맞추라고들 한다. 그리고 그건 참 어려운 문제다. 일을 하다 보면 일에 빠지게 되고 일을 좋아하게 되고, 그러다 보면 같이 일하는 사람들에게도 인간적인 정이 생기고 미움도 생기고 부러움과 존경과 질투 같은 여러 감정이 생기게 마련인데, 이걸 어떻게 삶과 분리하고 냉정해질 수 있는 건지…. 머리로는 알겠는데 막상 실천은 어렵다. 살면서 계속 해결하지 못하는 숙제가 될지도 모르겠다.

다만, 사회적 가면을 얼굴에 꼭 맞춘 듯 잘 쓰고 살아가는 놀랍도록 영악스러운 이들을 만나고 뒤통수도 수차례 맞으면서 배운 점 하나는 어떤 사람들과의 관계는 바닷물이 들어오면 사라지고, 빠지면 이어지는 바다 위 노둣길처럼 이었다 끊었다 할 필요가 있다는 것이다.

섬들의 고향이라는 신안에서 작은 섬에 사는 사람들의 밥상을 다루겠다며 섭외도 제대로 안 된 섬들을 찾아 나섰을 때였다. 우리가 간 곳은 우리나라에서 가장 긴 노두가 있는 병풍도였다. 노두는 섬과 섬을 잇는 길고 좁은 길인데, 물이 들어오면 사라졌다가 물이 빠지면 드러나는 이른바 바다 위 좁은 길이다. 병풍도를 중심으로 여섯 개의 섬이 다섯 개의 노두로 이어져 있었는데, 그중 가장 작은 섬인 소기점도를 찾아가보기로 했다.

좁아서 차로는 갈 수 없는 노둣길을 걸으며 생각했다. 물이 차는 몇 시간 동안 세상과 단절될 수 있다니 멋지다고. 한 달쯤 세상과 단절돼 살아도 좋겠다고.

노두 끝에서 만난 소기점도는 아담하고 깨끗한 느낌을 주는 섬이었다. 행선지도 없이 걷다가 우연히 긴 꽃길과 마주쳤다. 100미터가 넘게 이어진 그 꽃길 끝에는 작고 아담한 시골집이 하나 있었는데, 넓은 마당에서 할머니 할아버지 두 분이 물김을 말리고 계셨다.

"김 따 오셨어요?"

"재미 삼아 따 와서 널어놨어~ 반찬 해야지~ 이거 참기름 발라서 흰 쌀밥에 얹어 먹으면 참 맛있어~"

상상만으로도 맛있게 느껴질 만큼 음식 설명을 맛깔나게 해주시는 어르신들께, 집으로 이어지는 길에 누가 저리 예쁜 꽃길을 만들었느냐고 물었다. 허리가 반쯤 구부러진 할머니는 웃으며 자신이 '일 삼아' 심은 거라고 하셨다.

"힘드셨을 텐데, 많이도 심으셨네요."

"일 삼아 심었지~ 가끔 외지 사람들이 한번씩 와서 보면 너무 예쁘다고 그래. 기분 좋잖아~"

꽃길을 다시 한번 훑어보다 어느새 집을 나가 길 건

너 논에서 흑염소 두 마리를 모는 할아버지를 발견했다.

“할아버지 언제 나가셨대요? 그런데 흑염소도 키우세요?”

“할아버지가 재미 삼아 키우지~ 열 마리 키웠는데 지금은 두 마리만 남겼어.”

일 삼아 꽃길도 만들고, 재미 삼아 흑염소도 키우고. 뭔가 생소한 기분이었다. 나는 언제 재미 삼아 혹은 일 삼아 뭘 해본 적이 있었나? 둘 다 능동적으로 뭔가를 한다는 건데, 난 보통은 늘 끌려가듯 죽지 못해 하지 않았나? 폭풍처럼 쏟아지는 일을 해야 하니까 하고, 먹고 살아야 하니까 하고, 지겹다 지겹다 하며 하고…. 그렇게 살아오지 않았나….

그날 할머니는 섬까지 찾아온 우리가 고맙다며 밥을 차려주겠다고 하셨는데, 나는 지금 차려주지 마시고, 다음 주에 카메라가 오면 재미 삼아 촬영 한번 하시자고 부탁했다. 촬영하던 날, 소기점도의 몇 명 안 되는 주민들이 다 모여 재미 삼아 일 삼아 촬영을 도와주셨다.

옛날 노두가 징검다리로 이어진 돌길이었을 때는 물이 차서 길이 끊어지면 밤새도록 고구마 삶아놓고 찌개 끓여 함께 먹으며 놀았다는 이야기도 해주셨고, 섬에서 자주 해 드신다는 물김 돼지고기 찌개도 만들어주셨다.

김치 대신 물김을 넣어 만드는 돼지고기 찌개는 생소하면서도 김 좋아하는 나에게는 따라 해보고 싶은 음식이었다. 물김을 넣어 김치찌개를 끓여보면 김은 김치와는 전혀 다른 매력으로 돼지고기 맛을 감싸 안는다. 물김의 부드러우면서도 꼬들꼬들한 식감과 은은하게 우러나는 단맛이 돼지고기와 꽤 잘 어우러진다.

우리 집 냉동고에는 꽤 오랫동안 할머니 할아버지가 '일 삼아' 마당에 말리셨다가 가는 길에 먹어보라고 한 줌 담아주셨던 그 김이 들어 있었다. 꼭 참기름 소금장을 발라 흰밥에 얹어 먹으라고 하셨던 할아버지. 흰밥은 아니지만 탄수화물인 맥주와도 잘 어울렸다.

목청 큰 그에게 잔뜩 공격받은 오늘 같은 날이면 맥주 한 캔 꺼내놓고 마른 김을 부숴 소기점도의 '일 삼아, 재미 삼아' 사는 삶에 대해 생각한다. 일을 일로 보지 못하고 일과 삶을 분리하지 못하는 나를 탓했다가, 왜 당신은 일을 당신 성공을 위한 욕심의 제물로 삼는 거냐고 그를 탓해본다.

때로 감당하기 힘들 정도로 폭풍처럼 몰려오지만 않는다면, 누군가 그렇게 자기 것만 챙기겠다고 과하게 욕심부리며 남들을 뭉개지 않는다면 내 일터도 '일 삼아, 재미 삼아' 뭔가 할 수 있는 공간이 되지 않을까…. 희망 아닌 희망도 품어보면서 고소한 참기름 소금장 잔뜩 묻힌 김을 질겅질겅 씹어본다.

〈한국인의 밥상〉 레시피 | 김에 참기름 소금장

1 마른 김을 준비한다. 먹기 좋게 찢는다.
2 참기름에 소금을 적당량 넣는다.
3 김을 장에 찍어 먹는다.

* 맥주 한 잔을 곁들이면 더 좋다.

지긋지긋
도망치고 싶은 날

보부상 할아버지의 대추고리

(까톡) 섭외는? 상황은?

(까톡) 전화번호 좀, 자료 좀 보내줄 수 있어요?

(까톡) 아까 이야기한 건 아닌 거 같은데, 다른 방법은?

(까톡)(까톡)(까톡)….

'이노무 지긋지긋한 소리. 아~ 도망가고 싶다.'

카카오톡이 생기면서 일하기는 더 힘들어졌다. 부장님, 차장님, PD, 작가 들과의 수많은 회의 창들. 아침이고 저녁이고 울려대는 카톡 소리. 업무시간 끝났다고, 집에 왔다고 해서 일이 끝난 게 아니다. 가끔은 내가 카톡의 노예가 된 건 아닌가 하는 생각도 든다. 알림 소리를 죽이고 카톡에 신경을 안 쓰겠다고 마음을 먹어도 '혹시 안 본 사이 무슨 일이 생기면 어쩌지?' '중요한 소식을 못 들어서 방송 망치는 거 아닌가? 중요한 출연자가 연락했는데 못 받으면?' 온갖 불안과 공포가 스멀스멀 기지개를 켜는 것이다.

사실 카톡만의 문제가 아니다. 더 큰 문제는 나다. 일을 떨쳐버리지 못하고 강박적으로 짊어지고 있는 것. 놓아버린다고 뭐 큰일이 날 것도 아닌데, 불안과 강박 속에 앉으나 서나 회사에서나 집에서나 일을 짊어지고 사는 것이다. 물주의 짐을 내 몸보다 중하게 생각했던 옛 보부상들도 이랬으려나?

동해의 차마고도로 불리는 십이령 옛길이 머릿속에서 좌르르~ 그 아름다운 자태를 드러낸다. 울진에서 봉화까지 백두대간을 가로질러 바닷길과 산 벼랑길을 따라 이어지는, 위험천만해 보이지만 아름다운 열두 고개다.

십이령 옛길은 동해의 해산물과 봉화의 산골 먹거리를 이고 지고 나르던 보부상들의 발길로 다져진 길이다. 조선 시대 보부상은 후에 선질꾼으로 바뀌었다. 보부상, 선질꾼, 도부상…. 이름도 다양한 그분들을 찾기 위해 무진 애를 썼다. 그러다 마지막 선질꾼 어른을 몇 분 만났다.

그중 구순을 넘기신 할아버지가 특히 기억에 남는다. 열 살 넘어서부터 물주가 산 고등어며 물미역, 소금 같은 짐을 받아서 십이령 옛길을 넘어 다니셨다는 선질꾼 할아버지. 울진에서 봉화까지 130리 길을 날 좋으면 이틀, 날 궂으면 사흘을 내리 걸어 물주가 원하는 곳까지 지게에 짐을 지고 고개를 넘으셨다고 했다. 가다가 밥해 먹을 냄비와 솥, 그리고 고등어 한 손을 지게 밑에 달고서.

"다른 짐들은 그래도 괜찮은데 소금 짐은 너무 무거워서 나이 든 선질꾼들은 골골해. 길은 또 얼마나 험한데…. 협곡이 좁아서 발 한번 잘못 디디면 바다에 처박혀. 울퉁불퉁한 길이라, 길 떠나기 전에 짚신을 신고 가면 한쪽은 오다가 떨어지고 한쪽만 신고 오는 거야. 한쪽은 맨발로."

> 미역 소금 어물 지고 춘양장을 언제 가노
> 가노 가노 언제 가노 열두 고개 언제 가노
> 시그라기 우는 고개 내 고개를 언제 가노
> 한평생 넘는 고개 이 고개를 넘는구나
> —선질꾼 노래

험하고 좁은 지름길로 다니는 건 위험천만한 일이었다. 소한테도 소짚신을 만들어 신기고 다닐 정도였다고 하니, 얼마나 험했는지 짐작이 간다. 그 위험한 길을 사나흘 밤낮으로 다니면서도 자기 몸 챙기는 것보다 중요한 건 물주의 짐을 챙기는 일이었다고 한다. 중간에 도둑을 만나서 두들겨 맞으면서도 짐을 지키느라 반병신 된 사람들도 있었다고.

할아버지의 말씀을 들으며 생각했다. '자기 몸이 중요하지 어째 물주의 짐이 중했을까?' 그런데 지금 내가 딱 그 짝이다. 내 몸이 중하지 이렇게 스트레스를 받으면서 이렇게까지 할 일인가 말이다.

강박적으로 일에 매달리며 카톡 창을 봐대는 이유가 대체 뭔지. 당장 이 저녁에 저 일 처리 좀 안 한다고 세상 끝나는 것도 아닌데, 집에 와서까지 일을 붙잡고 늘어지는 이 강박은 대체 어디서 나오는 거란 말인가? 노예근성인가?

보부상 할아버지들은 마지막 고개를 넘으며 주막에 들러 시원하고 달달한 대추고리 한잔 시원하게 들이켜는 맛이라도 있었다는데…. 그러고 보니 예전에는 우리도 일 끝나면 팀원들끼리 시원하게 맥주라도 들이켰는데, 이젠 그마저도 없어졌다. 그것도 따지고 보면 저녁에는 직장에 얽매이지 말고 내 삶을 살라는 배려일 터인데…. 저녁이 있는 내 삶을 살라고 정부에서도 주 52시간제까지 만들지 않았는가 말이다. 그런데 이 무슨 정책에 어긋나는 짓이람.

방송 일을 하면서 새벽이고 한밤중이고 아무렇지도 않게 일에 대해 연락하는 동료를 많이 만났다. 물론 나도 종종 그랬다. 그런 연락들 중엔 굉장히 긴급한 일도 있긴 하다. 하지만 상당수는 내일 해도 되는데 굳이 그 새벽에, 혹은 한밤중에 하는 연락인 경우가 많다. 지금 말 안 하면 자기가 잊어버릴까 봐, 혹은 그냥 자기 마음에 급하게 느껴져서 등등 변명은 늘 많다. 누군가는 이게 아니라고, 이건 맞지 않으니 나는 안 하겠다고 해야 뭐든 달라진다.

"저는 이제 업무 이외의 시간엔 웬만하면 카톡 단체창에 없는 걸로 하겠습니다~ 양해 좀~"이라 말할 수 있는 용기를 이제는 가져도 되지 않을까? 세상이 바뀌고 있으니 동참하는 의미에서라도 말이다.

대추고리는 없으니 대추 음료라도 한잔 시원하게 들이켜고 나도 정신 좀 차려야겠다.

'물주의 짐보다 내 삶이 중하다! 내 삶을 살자~ 카톡은 신경 끄고!'

<한국인의 밥상> 레시피 | 대추고리

1 하루 정도 불린 대추를 푹 끓인다.
2 끓인 대추를 체에 걸러서 대추씨와 찌꺼기를 빼고 으깬다.
3 물을 조금 넣은 후 다시 끓인다.

왜 난
'갑'이 아니고
'병'인가

목선 부부의 순무김치 병어찌개

"일은 누가 다 했는데, 생색은 자기들이 다 내고 누굴 하청업자 취급을 해?"

성이 날 대로 났다. 대안을 제시하기보다 완성물을 보고 이것저것 트집 잡기에만 몰두하는 이른바 갑들의 행태에 질릴 대로 질렸다. 자기들이 조금만 알아보면 될 것을 '이건 왜 이러냐, 저건 왜 또 저러냐, 확인은 했냐, 왜 확인하지 않았느냐' 취조하듯 묻는 갑들. 그들에게 이야기해주고 싶다.

"그렇게 잘할 수 있으면 당신이 하세요~"

누군가 그랬다. 내가 받는 돈에는 저들의 짜증과 트집을 참아내는 금액과 여러 부당한 일에도 상냥하게 웃어주는 금액이 포함돼 있다고.

혈기 왕성했던 예전 같았으면 앞뒤 볼 것 없이 치받았겠지만, 사회 물 좀 먹고 인생 쓴맛 좀 알게 된 지금은 일단 참아야 한다는 사실을 안다. 경험상 욱해서 좋은 일은 없었으므로. 그렇다고 치솟는 화가 삭여지는 것은 아니다. 그저 침묵할 뿐.

침묵과 인내에 가장 좋은 약은 '딴생각'이다. 갑들의 끊임없는 잔소리를 들으며 머릿속으로는 드넓은 대양을 그린다.

'아…. 병…. 병…. 갑도 아니고 을도 아닌 병…. 아…. 병어찌개 먹고 싶다~'

가도 가도 끝이 없는 짙푸른 바다. 그 위에 떠 있는 작은 목선 하나. 방향키마저 나무로 된 오래된 목선이지만 얼마나 쓸고 닦았는지 곳곳이 반질반질 윤이 나는 배 안. 그리고 말없이 다정한 60대의 부부. 저 서해의 최북단, 북한과 맞붙은 민통선 안에는 세 개의 형제섬이 있다.

KBS 〈한국인의 밥상〉을 하던 시절, 꽤 어렵게 찾았던 민통선 안의 세 섬. 그 안에 섬이 있다는 사실이 신기해 시작한 취재였지만, 막상 시작하고 보니 의외로 폐쇄적이어서 선뜻 촬영하겠다고 나서는 사람이 드물었다.

하지만 포기할 수는 없어 무턱대고 찾아간 그곳에서 우연히 이 목선 부부를 만났다. 지금은 거의 사라지고 없는 오래된 목선으로 병어잡이를 하는 부부. 부부는 평생을 함께 이 목선을 타고 고기잡이를 해왔다고 했다.

여명이 밝아오는 고요한 바다 위 유일한 배. 목선 위에서 아내가 선실 안 작은 방으로 들어가면, 무뚝뚝한 남편은 말없이 커피믹스 두 잔을 탄다.

"커피는 내 담당이야."

아내가 앉아 있는 작은 선실로 가 조용히 커피를 건네는 남편, 둘은 또 그렇게 말 없이 커피를 마셨다.

"여기가 우리 호텔이야. 새벽에 나와서 여기서 자다가 고기 잡고, 밥도 해 먹고, 누워서 쉬고… 이런 호텔이 없어."

예순이 넘어 이제 웃는 얼굴마저도 똑 닮아버린 부부는 목선 위에서 서로 말이 아닌 다른 신호로 소통하는 듯 보였다. 말은 없어도 부부 사이의 공기는 따뜻했고 그들의 모든 행동에는 마치 태곳적부터 그러했듯 자연스러운 어울림이 있었다.

예를 들어 이런 식이다. 미리 쳐놓은 그물에 고기가 들면 남편은 슬슬 그물을 끌어 올릴 준비를 한다. 그러면 자연스럽게 아내는 목선의 나무 방향키를 잡고 남편이 굳이 말을 하지 않아도 이리저리 방향키를 움직이며 남편이 그물을 끌어 올리기 딱 좋은 위치에 배를 갖다 댄다. 목선 안에서 부부는 누가 누구에게 명령하지도 않고, 누가 누구의 비위를 맞추려 노력하지도 않는다. 그냥 손과 발이 스스로 알아서 자연스러운 동작으로 '걸음'이란 걸 만들어내듯 그렇게 자연스럽게 움직일 뿐이었다. 긴 세월이 이루어낸 조율의 결과일까? 아니면 사선 위에 함께 서본 동지이자 부부의 아무도 모를 유대감일까?

아내는 꽃다운 열일곱에 남편을 만났다. 남편은 열아홉. 동네에서 좋아 지내다가 아무 가진 것 없이 결혼생활을 시작했다. 어린 부부는 뱃일 말고는 할 줄 아는 게 없어 여자가 바다가 나오는 게 금기였던 시절부터 함께 뱃일을 했다고 했다.

당시에는 목선도 없이 조그마한 나룻배로 노를 저어 고기를 잡으러 다녔는데, 아내가 노를 저어 다니면 거친 뱃사람 중에는 침을 뱉으며 여자가 노를 잡아 재수가 없다고 욕을 하고는 했었단다. 처음엔 울기도 많이 울었다고 했다. 거친 바다에서 울렁울렁 바다의 움직임에 몸을 맞추기도 힘들었고, 풍랑이라도 몰려올 때면 당장이라도 검은 바다에 먹혀버릴 것 같아 겁이 나기도 했었다고. 아내와 남편은 바다 위에서는 서로가 유일한 의지처

였을 것이다. 세상 한가운데 오직 둘만 있다면 어떤 기분일까?

부부의 모습을 보면서 또 다른 어부 부부에게 들었던 이야기가 생각났다. 먼 바다로 고기잡이를 나갔다가 갑자기 태풍을 만났는데, 어떻게 배를 돌려봐도 배가 곧 넘어갈 것 같은 절체절명의 순간이었단다. 당장 죽을 것만 같은 최후의 순간, 남편은 아내를 선실에 가두고 문을 잠가버렸다고 했다. 나는 놀라서 남편에게 왜 아내를 선실에 가뒀냐고 물었다. “아내 시체라도 건질 수 있게 하고 싶어서 그랬지”라는 남편. 그 말을 듣던 아내는 한동안 얼굴을 들지 않았다. 몰래 들여다봤던 그때 아내의 눈을 잊을 수가 없다. 눈가가 붉고 물기가 돌던 아내의 눈. ‘사선에 함께 서본 사람들만이 공유하는 유대감이란 게 이런 건가….’ 그런 생각을 했는데 목선의 부부가 딱 그랬다.

함께 사선을 넘나들며 견고하게 다져진 그들만의 어떤 신호를 가진 느낌이랄까. 부부의 30년 넘는 세월은 그렇게 단단해진 듯 보였다. 그 세월이 몽땅 녹아든 게 지금 부부가 서 있는 목선이리라.

욕먹으며 위로하며 고기를 잡아 장만한 게 지금의 목선이라고 했다. 첫아이를 낳을 무렵, 목선을 장만하고는 말도 못 하게 좋아 잠을 못 잘 정도였단다. 그 배로 병어잡이도 하고, 먼바다로 나가 일주일씩 배에서 먹고 자며 젓새우잡이도 했다고 했다. 목선 위에서는 시계가 없어도 모든 것이 딱 제때에 이루어진다.

배 주위로 눈치 빠른 갈매기들이 하나둘 날아들기 시작하면 남편은 그물을 끌어 올려 그물에 걸린 병어들을 상자로 옮겨 넣고 얼음을 채우기 시작한다. 그러면 아내는 말없이 서둘러 점심을 준비한다. 바닷물로 쌀을 씻고 민물로 밥물을 맞춘다. 그리고 아내의 특식 순무김치 병어찌개를 만든다. 갓 잡은 싱싱한 병어를 큼직큼직하게 썰고, 냄비에 묵은 순무김치를 깐 다음 썰어둔 병어를 그 위에 올린다. 간을 따로 하지 않고 순무김치로만 맛을 내는 게 아내의 비법이다.

싱싱하다 못해 은빛 찬란한 병어가 시큼한 순무김치와 함께 보글보글 잘 익어가면 아내는 남편이 만들어준 목선 안 선반에서 식기를 꺼내고 식탁을 마련한다. 손재주 좋은 남편은 젊은 시절부터 이것저것 손수 만들고는 했는데, 이 오래된 목선 안에도 아내를 위해 선반과 조리대와 식탁을 만들어줬다고 했다.

그물 끌어 올리느라 고생한 남편을 위해 아내는 잘 익은 순무김치의 맛과 빛깔이 제대로 스며들어 진하게 국물이 우러난 병어찌개를 한 그릇 뜨고, 바닷물로 씻어 고슬고슬 지은 밥 한 공기를 퍼냈다.

넓은 바다 위 작은 목선 안에서 부부는 마주 앉아 밥 한술에 순무김치 병어찌개를 얹었다. 부드러운 병어의 하얀 속살과 매콤하고 진한 찌개의 깊은 국물이 잘 어우러져 보였다.

"병어는 밥 위에 얹어 먹어야 진짜 맛이야."

"싱싱하게 회 떠서 밥을 싸 먹어도 얼마나 맛있나 몰라. 딴 사람은 몰라도 우린 이렇게 먹어."

잘 익은 순무김치에는 오래 묵은 것들에서만 느낄 수 있는 깊은 맛이 있다. 갓 잡아 싱싱함 그 자체인 병어의 맛과 향까지 깊게 배면 고기 그 이상의 맛을 내는 것이다. 한입 가득 베어 물면 싱싱한 병어 살은 혀끝에서 부드럽게 녹고 순무김치의 맛은 묵직하고 깊게 입안으로 스며든다. 식사를 마치고, 배 위에서 부부는 잠깐의 휴식시간을 가졌다.

남편과 아내가 나란히 바다를 보고 앉았을 때, 말없이 앉아 있던 아내가 입을 열었다.

"가끔 이 배 위에서 가만히 배도 보고, 바다도 보고 있자면 눈물이 나요."

"너도 나와 같이 나이를 먹는구나."

훌쩍이는 아내를 보던 남편이 툭 말을 던졌다.

"좋아서 우는구먼. 껄껄껄."

어색하게 웃던 남편의 눈에도 눈물이 맺혀 있었다.

뱃전에 나란히 앉아 바다를 바라보던 두 사람의 굽은 어깨와 낡아서 군데군데 갈라진 목선의 뱃머리가 묘하게 어울린다는 생각이 들었다. 마치 처음부터 하나였던 것처럼 말이다.

'아…. 병어찌개…. 병어, 병…. 난 갑 아닌 병.'

갑! 당신들과도 세월이 지나면 마치 하나였던 것처럼 자연스럽게 손발 맞춰 일할 날이 올까? 앞에서 잔소리로 열변을 토하는 그들을 애써 애정 가득한 눈으로 바라본다. 이 험한 세상이라는 망망대해를 그래도 한 배를 타고 건너가는 사이인데, 우리 갑과 병 이런 거 말고, 잔소리나 관리 이런 거 하지 말고, '말하지 않아도 저이가 알아서 자기 일을 열심히 해주겠지' 하는 믿음과 애정으로 서로를 바라봐주면 안 될까?

갑! 당신의 이 잔소리 대신 믿음과 애정 가득한 눈빛이 더 고프구나, 오늘은.

〈한국인의 밥상〉 레시피 | 순무김치 병어찌개

1 순무김치를 냄비에 넣고 한소끔 먼저 끓인다.

2 싱싱한 병어의 내장과 지느러미를 제거하고 토막 썬 뒤 미리 준비한 찌개 위에 얹어 약 10분간 끓여 낸다(간을 따로 하지 않기 때문에 처음 김치의 양을 많이 하는 것이 좋다).

믿었던 사람에게 뒤통수 세게 맞은 날엔

옻순 털털이

정글 같은 사회에 나와보면, 큰 물음표가 하나 생긴다.

'왜 이렇게 남 걱정하는 사람들이 많을까?'

20년 넘게 사회생활을 하면서, 내 뒤에서 내 걱정을 하는 사람을 정말 많이 만났다. 등 뒤의 그 말들이 약이 되면 좋으련만 대개는 빙 돌아 내 귀로 들어와 마음에 쓰린 상처를 내는 독이 되곤 했다.

그렇게 한번 난 상처는 쉽사리 낫지 않는다. 특히 정말 오랫동안 믿고 좋아했던 진정한 선배이자 동료라고 생각했던 사람이 나에 대한 걱정으로 독을 뿜어내 입힌 상처는 더더욱 그렇다. 낫지 않을 뿐 아니라 그 독이 상처 깊이 고이면서 마음에는 불신의 '독 우물'이 생겨난다.

전에 한 친구는 내게 이렇게 말했다.

"난 사람들을 딱 3개월만 알고 지냈으면 좋겠어. 그 때까지는 다 좋은 면만 보여주거든."

그때는 그 친구가 인간미가 없다고 생각했다. 그런데 시간이 지날수록 그가 사람들에게 받은 상처가 얼마나 큰 것이었을지 생각하게 된다. 나는 지금도 종종 누군가 내 뒤에서 내 걱정을 했다는 이야기를 친한 지인들에게 듣는다. 그리고 이제는 화를 내기보다 이런 생각을 한다.

'이 이야기를 듣지 못했더라면 얼마나 좋았을까?'

'이 친구가 나에게 이런 이야기를 이렇게 격하게 전하지 않았더라면 참 좋았겠다~'

어쩌면 체념 같은 것일지도 모르겠다. 과거의 분노가 어떤 힘든 결과를 낳았는지 익히 경험을 통해 아니까, 화를 내봐야 내 마음에 독만 쌓인다는 걸 아니까 말이다. 난 아직도 잘 모르겠다. 이런 식으로 전해 듣는, 이른바 내 등 뒤에서 벌어지는 일들에 대한 TMI(Too Much Information)가 독인지 약인지 말이다.

결과적으로 그 이야기들은 내게 아픈 상처를 남겼고 관계를 망가뜨렸지만, 또 누가 알겠는가. 나에 대해 나쁜 감정을 가진 그 누군가가 내게 저질렀을 더 나쁜 짓을 미리 막은 것일지도.

등 뒤의 말들은 독이면서 약인 '옻순'이란 음식을 닮았다. 적당히 나눠 먹을 때는 맛있지만, 과하면 씁쓸한 아픔을 남기는 것까지 말이다.

나물 3대장으로 꼽히는 엄나무순, 두릅순, 옻순 중에 옻순이 특히 진미라는 이야기를 듣고 찾아 나선 적이 있었다. 1년에 딱 열흘 정도만 먹을 수 있다니 더 매력적이지 않은가. 잘못하면 옻이 오를 수도 있다는 생각에 발발 떨면서 함양 마천의 한 옻나무 밭에 들어갔던 기억이 난다. 옻닭은 먹어봤지만, 진짜 옻나무에서 순을 따서 먹는 거라고 생각하니 겁도 났다.

'옻이라도 올라 온몸이 벌겋게 되면 어쩌지?'

오들오들 벌건 얼굴과 참지 못할 가려움은 생각만 해도 두려웠다. 그런데 막상 옻순을 따서 살짝 데친 다음 수육에 싸 먹어보니, 내가 좋아하는 오동통한 산두릅이나 눈개승마와는 또 다른 고소함과 단맛이 있었다.

요즘도 4, 5월 옻순 철이 되면 '지금쯤 옻나무 밭에는 연한 옻순이 가득할 텐데~' 생각하며 입맛을 다시곤 한다. 산지에서 직접 먹어본 다양한 식재료들이 아직도 혀끝에 잊을 수 없는 맛으로 남아 있지만, 옻순은 그중에서도 특별히 기억이 난다. 공포 속에 맛본 의외의 황홀한 맛이라 그런가.

봄나물은 대개 쓴맛이 강한데 옻순은 유독 단맛이 강하고 기름기가 많아 고소했다. 1년에 딱 열흘 정도만 먹을 수 있다고 해서 더 좋았는지도 모르겠다. 원래 한정판이라면 더 갖고 싶은 법이니까.

"이쪽 마을들이 전쟁 때 낮에는 국군에게, 밤에는 빨치산에게 수탈을 많이 당했던 곳이야. 양식 다 뺏기고 힘들었을 때, 산에 가서 이 옻순을 따 먹으면 얼마나 맛있었던지 말도 못 해."

언제나 배고픔은 창의력의 원천이 된다. 동네 어르신들은 옻순으로 숙회도 해 먹지만, 쑥 털털이처럼 밀가루와 버무려 찜통에 쪄서 떡처럼 밥처럼도 해 먹었다고 하셨다.

옻순 털털이는 쑥 털털이와는 또 다른 매력이 있다. 부들부들한 식감과 뭔가 거한 걸 제대로 먹은 듯한 포만감이 있다고나 할까. 그날 나는 옻순을 원 없이 먹었다. 알레르기 약을 미리 먹어 그랬는지 아니면 옻을 안 타는 체질인지, 그것도 아니라면 맛있게 먹으면 옻도 오르지 않는 것인지, 다행히도 몸에는 전혀 이상이 없었다. 오히려 그날 저녁 과음을 했는데도 숙취가 없어서 '이래서 어르신들이 옻이 약이라 하셨나 보다' 싶었다.

“30년 넘게 옻 진액을 팔러 다녔어. 전국 팔도 안 다녀본 곳이 없어. 옻이 약이야 약. 특히 제주도에 많이 갔지. 뱃사람들, 해녀들이 회충 없앤다고 또 위에 좋다고 많이들 사 먹었어. 그거 알아? 술 많이 마셔도 옻 먹으면 숙취도 없는 거~”

30년 넘게 보따리상으로 어촌을 돌며 옻 진액을 팔았다는 할머니께서 하신 말씀이다.

시골 어르신들 이야기를 가만히 듣다 보면 세상 모든 게 만병통치약이긴 하지만, 어쨌든 옻은 독이면서 분명 약이기도 하다. 《동의보감》에도 옻이 어혈과 여자의 경맥 불통 적취를 풀어주고 부인병에 좋으며 장을 잘 통하게 하고 기생충을 죽이며 피로를 다스리는 효능이 있다고 기록돼 있으니 말이다. 하지만 이렇게 좋은 옻도 많이 먹으면 탈이 난다.

약도 과하면 독이 된다는 말은 진리다. 남에 대한 걱정도 그렇다. 내가 남을 걱정해도 그렇고, 남이 나를 걱정하는 소리를 들어봐도 그렇다. 잠깐 재미는 있을지 몰라도 내게도 상대에게도, 그리고 서로의 관계에도 독이 된다. 걱정은 앞에서 눈 마주치고 손잡아주며 눈에 보이지 않는 감정들을 주고받으며 해야 진짜 걱정이고 위로다. 내 걱정 하기에도 바쁘고 정신없는 세상이니, 남 걱정하고 싶은 마음이 들면, 거울을 보고 눈을 찬찬히 바라보며 '너 요즘 참 걱정스럽다. 네 맘속에 대체 뭐가 있어서 남 이야기를 그렇게 하고 싶은 거니?'라고 묻고 마음의 상처를 들여다봐주면 좋겠다. 내 마음이 위로받을 수 있게.

〈한국인의 밥상〉 레시피 | 옻순 털털이

1 연한 옻순을 씻고 손질한다(옻순은 따는 시기가 맛을 좌우한다. 너무 세면 질겨지니, 연할 때 따야 한다).
2 물기가 있는 상태에서 옻순에 밀가루와 콩가루를 묻힌다(밀가루로만 하면 빵처럼 끈끈해져 콩가루를 섞는다. 이렇게 하면 끈끈하지도 않고 토실토실 맛있게 된다).
3 취향에 따라 소금, 설탕을 골고루 뿌린다. 설탕을 너무 많이 넣지 않게 주의한다(설탕을 너무 많이 넣으면 옻순 자체의 단맛을 해친다).
4 찜통에 젖은 베 보자기를 깔고 쪄낸다.

* 주의: 옻순을 찐 증기 때문에 옻이 오를 수 있으니, 찜기의 뚜껑을 열 때 주의해야 한다.

어디서
어찌 살아야 하나
싶은 날엔

손두부 명태탕

문득 외롭다. 주변에 아무도 없고 나라는 존재가 무엇인지도 모르겠다.

'어디에서 어떻게 뭘 하며 살아야 하나….'

너무 화창한 봄날이어서 그런가? 햇볕과 침묵만 주변을 맴도는 것 같다. 이런 날 외로움은 예고도 없이 찾아와 온 마음을 흔들어 길이 보이지 않는 막연한 우울 속 어딘가에 데려다 놓는다. 엄마가 들으면 호강에 겨웠다고 할 소리다.

'난 누구지? 뭘 위해 여기까지 왔지?'

하염없이 우울의 구렁텅이를 헤매는데 그런 나를 질책이라도 하듯 '까톡', 엄마에게서 메시지가 왔다.

"문자 투표 어떻게 해?"

"엥? 무슨 문자 투표?"

엄마는 〈내일은 미스터트롯〉 프로그램에 문자 투표를 하고 싶다고 하셨다. 임영웅에게 꼭 한 표를 주고 싶으시다고. 순간적으로 보이스피싱이 아닌가 의심이 들었다. 우리 엄마는 이럴 사람이 아닌데…. 전화를 했다.

맞다 우리 엄마였다. 일흔 평생 처음으로 문자 투표라는 걸 해서 임영웅이라는 가수에게 한 표를 주고 싶으시단다. 나는 살면서 엄마가 '어떤 가수가 좋다'든가 '어떤 노래를 정말 좋아한다'든가 하는 이야기를 하시는 걸 들은 적이 없다.

'도대체 임영웅이 누구길래…. 스마트폰 어플 하나 잘 열지 않는 양반이 문자 투표 하는 법까지 배워가며 한 표를 주고 싶어 하시는 걸까?'

궁금했다. 컴퓨터를 켜고 그의 노래를 검색하기 시작했다. 그러다 〈내일은 미스터트롯〉이라는 인기 프로그램에 나온 가수들의 노래를 하나씩 듣게 됐다. 정동원이 부른 〈보릿고개〉를 듣다 보니, 아니 이 가사는 강원도 태백 탄광촌의 그 할머니가 하셨던 이야기가 아닌가. 임영웅이 부른 〈어느 60대 노부부 이야기〉를 듣다 보니 아니, 이건 백두산 아래 그 부부의 이야기가 아닌가.

아야 뛰지 마라 배 꺼질라
가슴 시린 보릿고개길 주린 배 잡고
물 한 바가지 배 채우시던
그 세월을 어찌 사셨소
초근목피의 그 시절 바람결에 지워져갈 때
어머님 설움 잊고 살았던 한 많은 보릿고개여
—〈보릿고개〉 가사 중에서

곱고 희던 그 손으로
넥타이를 매어주던 때
어렴풋이 생각나오
여보 그때를 기억하오
막내아들 대학 시험
뜬눈으로 지새던 밤들
어렴풋이 생각나오
여보 그때를 기억하오
—〈어느 60대 노부부 이야기〉 가사 중에서

처음으로 천천히 음미해본 트로트 가사들은 〈한국인의 밥상〉에서 만난 수많은 사례자의 삶과 이야기였다. 이래서 어른들에게 그렇게 인기인가?

백두산 밑에서 만난 트로트 부부가 떠올랐다. 백두산으로 중국 동포들의 음식을 취재하러 갔을 때였다. 한국에서 진행했던 사전 섭외 시에 들은 것과 중국에 도착해 직접 대면한 사람들의 이야기가 너무 달라서(예를 들어 백두산 산천어 음식을 해준다는 집을 찾아갔는데 개고깃집인 식이었다) 중국 동포 택시기사와 함께 무턱대고 인근 마을들을 돌며 밥상을 차려줄 사례자를 찾고 있었다. 한참을 막연히 헤매다가 어느 마을 입구에서 우리 시골서 하는 것처럼 찹쌀풀 묻혀 찐 고추 부각을 널어 말리는 모습을 발견했다. 고추 부각을 만드는 곳이라면, 혹시 인근에 조선족이 있을지도 모르겠다 싶어 마을로 들어갔다.

빈집을 기웃거리다가 찾은 한 집에서 그 트로트 부부를 만났다. 원래 그 동네는 강원도에서 단체로 농업 이민을 와서 정착한 사람들의 마을이었단다. 지금은 다 도시로, 한국으로 일하러 가버리고 조선족은 몇 가구 남지 않았다고 했다. 자식들도 다 한국에 있어서 우리가 더 반갑다며 일흔이 넘었어도 밝고 유쾌한 할머니가 말씀하셨다.

"우리 아버지는 강원도 삼척 출신이고 어머니는 부산 출신이야. 남편 쪽은 경기도 파주고. '하모~' '왔나~' 이거 남조선 말이지? 우리 부모가 늘 하던 말이야."

경상도 사투리와 강원도 사투리를 뒤섞어 맛깔나게 구사하시는 할머니는 자신의 아버지가 고향에서 기차로, 마차로 가져왔다는 다리미며 도리깨를 보여주셨다. 아버지 생각나서 갖고 있었다고.

그러고는 농업 이민 와서 고생한 아버지 이야기며 어릴 때 하도 먹을 게 없어 동네의 어느 집 굴뚝에서 연기가 안 나면 그 집 사람들이 죽은 걸로 알았다는 이야기도 해주셨다.

한참 이야기를 듣다가 방구석에 나란히 놓인 구식 라디오 세 대와 그 아래에 있는 노트들을 발견했다. 뭐냐고 내가 묻자 할머니 할아버지는 자기들이 가장 좋아하는 거라며 노트를 보여주셨다. 그 안에는 한국 트로트 가요의 가사가 빼곡하게 쓰여 있었다. 〈눈물 젖은 두만강〉에서부터 〈홍도가〉 〈번지 없는 주막〉 〈강남 멋쟁이〉, 그리고 아들이 보내줬다는 장윤정의 노래와 최신 트로트까지 노트가 꽉 차게 가사를 적어놓으셨다.

"이 노래들, 좋아해도 무지무지하게 좋아해. 잊어버릴까 봐 적어요. 두고두고 노래하려고."

부부는 한국에 일하러 간 자식들보다 더 한국 소식을 잘 안다고 했다. '스카이라이프(위성방송)' 덕에 말이다. 아침 6시 뉴스부터 〈아침마당〉 〈무엇이든 물어보세요〉, 정오 뉴스, 〈6시 내고향〉 〈한국인의 밥상〉까지 다 챙겨 보신다고, 한국에 사는 거나 마찬가지라며 할머니는 웃으셨다.

아버지 때부터 이어온 한국 문화는 음식에도 고스란히 남아 있었다. 한국식으로 지푸라기를 넣어 청국장을 띄우고 간수를 넣어 두부를 만들었다. 두부 명태탕을 끓일 때 명태를 한 번 튀겨서 넣는 건 좀 특이했지만 말이다. 아버지 고향인 삼척에 꼭 한번 가보고 싶다는 할머니. 자식들이 힘들게 번 돈을 차마 쓸 수가 없어서 한국에서 일하는 자식들이 오라는데도 못 가고 있다는 할머니는 한국 가면 뭘 꼭 하고 싶으시냐는 내 물음에 이렇게 답하셨다.

"할머니들이랑 정자 같은 데 앉아서 한번 놀아봤으면 싶어요. 여긴 한족들이 많아서 같이 노는 일이 없어. 음식도 안 나눠 먹고. 한국에서는 노인정에 수박 이만한 거 갖고 가서 쪼개도 먹고, 조물조물 음식도 해서 나눠 먹고 그러잖아. 나도 가면 그렇게 하겠는데…. 할머니니까 같이 노래도 하고 춤도 추고 얼마나 좋소. 얼마나 재밌겠어…."

할머니의 그 꿈이 너무 소박해 오래도록 기억에 남았다. 부부가 함께 부르던 한국 트로트 가락과 함께 말이다.

백두산 아랫마을 할머니 할아버지도 지금 '미스터트롯'의 노래들을 듣고 계실까? 아마도 들으셨을 게다.

결혼 전에는 할아버지 키가 작아 싫었지만 결혼하고 보니 이렇게 착하고 좋은 사람이 없다고, 할아버지 키 작은 게 오히려 귀여워서 주머니 속에 넣어 늘 함께 다니고 싶다고 하셨던 할머니는 할아버지와 함께 오늘도 트로트를 부르고 가사를 적으며 그리움일지 애틋함일지 모를 감정으로 고국의 노인정 문화를 그리워하고 계실 게다.

나이 마흔을 불혹이라 했다. '어떤 유혹에도 흔들림 없이 갈팡질팡하지 않고 판단을 흐리는 일이 없는 나이!'라는 건 말짱 헛소리다. 늘 흔들리고 갈팡질팡하고 존재의 의미조차 의심했다가 다음 순간 그냥 따뜻한 손두부 명태탕 한 그릇에, 혹은 백두산 노부부의 트로트 노래 몇 곡을 떠올리며 힘을 내기도 하는 게 인생이다. 더 나이가 먹어도 그럴 것이다.

어디서 무엇을 할지 모르면 어떤가, 일단 일어서서 가다 보면 길은 보이지 않을까? 백두산에서처럼 말이다. 사전 섭외가 다 틀어져 막막했던 그때도 무턱대고 헤매다가 미리 섭외했어도 못 만났을 좋은 인연들을 만났다. 지금 이 막연한 순간에도 일단 일어나서 걷다 보면, 뭔가 될 거다. 무엇보다 중요한 건 다시 일어선다는 것이다.

오늘 나처럼, 트로트든, 손두부 명태탕이든 백두산에서의 추억이든 어떤 끈이든 붙잡고 말이다.

<한국인의 밥상> 레시피 | 손두부 명태탕

1 간수를 넣어 굳힌 손두부를 도톰하게 썬다.
2 명태는 지느러미를 떼고 손질해 토막친다.
3 냄비에 기름을 두르고 명태를 튀긴 뒤 튀긴 명태에 물을 붓고 고춧가루를 뿌린 다음 끓인다.
4 두부를 넣고 간을 한 후 한 번 더 끓인다.

* 할머니 말씀: 명태와 두부는 배합이다(궁합이 잘 맞는다).

퓨마도
나무늘보도
나는 싫소

망쟁이의 숭어밤

선량한 얼굴의 나무늘보는 일주일에 한 번 볼일을 보러 나무를 타고 내려옵니다. 누군가 냄새를 맡았습니다. 굶주린 포식자, 퓨마입니다. 퓨마는 강력한 다리와 날카로운 발톱으로 먹이를 제압하고 이빨로 척추를 부숴 숨통을 끊어놓죠. 타고난 암살자와 타고난 느림보의 대결입니다. 퓨마가 발톱을 갑니다. 발톱을 갈면 나무를 더 잘 탈 수 있죠. 영리한 퓨마는 발톱을 갈고 다시 올라가 나무늘보의 엉덩이를 물고 아래로 끌어내립니다. 안 내려오려고 나무를 붙잡고 늘어지는 나무늘보. 하지만, 결국 퓨마는 날카로운 발톱으로 나무늘보를 타고 올라가 큰 송곳니를 척추에 꽂아 나무늘보의 숨통을 끊어놓습니다.

퓨마에게 다리와 엉덩이를 물린 채 모든 걸 체념한 듯 눈을 감는 나무늘보. 그 짧은 다큐멘터리 영상은 그 뒤로도 오랫동안 잊히지 않았다.

'내가 그 나무늘보로 보였을까?'

프리랜서인 내가 정기적으로 고정적인 수입이 들어오는 꽤 괜찮은 자리를 그만두고 나가겠다고 한 날, 그 팀의 한 정규직 동료가 내게 이 영상을 보냈다.

물론 아무 의미 없이 보낸 것일 수도 있다. 하지만 영상을 본 순간 나는 이런 생각이 들었다. '약육강식의 세계에서 안 죽으려면 약자는 똥도 누지 말라는 거야 뭐야?'

처음 그 일을 시작할 때 주변에서는 이른바 '꿀잡(job)'이라며 많이들 부러워했다. 나도 처음엔 그런 줄 알았다. 손톱을 가는 퓨마처럼 늘 누군가를 못 잡아먹어 안달하는 시선이 거기 있다는 사실을 알기 전까지는 말이다.

남의 실수를 들춰내 부풀리고, 남의 아이디어를 자기 아이디어인 양 이야기하면서 자신의 자리를 구축하려고 기를 쓰고, 행여 남이 제안한 아이디어가 잘 풀려 칭찬이라도 받게 되면 그걸 헐뜯지 못해 안달하는 누군가가 있는 곳. 몸은 편하지만 마음은 나무 위 나무늘보처럼 똥도 못 누러 내려올 만큼 불안한 곳이었다. 그 자리를 놓기까지 많은 생각을 했다.

'나이도 있는데…. 당장 어떻게 먹고살려고?'

어차피 약육강식의 세계다. 저들에게 프리랜서인 나는 언제든 송곳니를 꽂아 숨통을 끊고 끌어내리기 좋은 먹잇감일 뿐이다. 눈에 띄면 띌수록 더더욱 당할 가능성이 크다. 난 눈에 띄었고 그래서 계속 당하는 것일 뿐이다. 그냥 조용히 살면 안 될까? 이제부터라도 눈에 안 띄고 내 주장도 안 하고 조용히 없는 것처럼 고분고분 살면 되지 않을까? 스스로 얼마나 많이 다짐하고 되뇌었나 모른다. 그런데 결국 난 참지 못했다.

아무리 돈 따박따박 주고 몸 편한 자리라도 내가 나로서 존재할 수 없는 자리라면, 누군가의 목적을 위한 수단이 되어 성취와 보람은 딴 사람의 입속에 고스란히 털어 넣어줘야 하는 자리라면 내게는 의미가 없다. 그곳에 나는 이미 없는 거니까.

부양가족이 없어 그렇다, 혹은 생계에 대한 절박함이 부족해 그렇다, 반대로 너도 손톱을 갈아서 그 사람의 숨통을 끊어놓으면 되지 않느냐는 둥 지인들의 걱정 반 질타 반인 이야기를 들으면서 생각했다.

'나는 손톱을 갈아가면서까지 잔인하고 집요하게 나무늘보의 숨통을 끊어놓는 퓨마가 되긴 싫다. 느려도 너무 느리고 착하기만 한 나무늘보는 더더욱 되고 싶지 않다. 그냥 자연의 섭리를 따라 찾아오는 물고기 떼를 기다려 더불어 일하고 함께 기쁨을 나누는 망루의 늙은 망쟁이로 살면 안 될까?'

새벽 네 시부터 이른 저녁까지 벼랑 끝 높은 망루에 앉아 숭어 떼가 해안 가까이 들어오길 기다리는 늙은 어부, 그분을 만났을 때 나는 헤밍웨이의 《노인과 바다》 속 어부가 이렇지 않았을까, 잠깐 생각했다.

"오늘 숭어가 잡힐까요?"

"모르겠다. 물고기한테 물어봐."

"열흘째 못 잡으셨다던데…."

"그랬지, 오늘은 손님이 왔으니까 잡힐 거다. 맑은 물 조금씩 조금씩 올라온다."

칠흑 같은 바닷물을 오래도록 들여다보던 늙은 어부의 목소리는 조용하고 낮고 힘이 있었다.

전통적인 어업 방식인 육소장망六艘張網! 그 대장 격인 이가 망루 위에서 숭어 떼의 움직임을 찾고 예측하는 망쟁이다. 표준어로는 '망수'라고 하는데, 나는 어쩐지 망쟁이라는 말이 더 좋다. 숭어가 들 만한 물목에 그물을 깔아두고 기다리다가 망루에서 망쟁이가 물 빛깔과 물속 그림자 색으로 숭어 떼를 감지해 지시를 내리면 인근에서 여섯 척 배가 그물을 잡고 있다가 재빠르게 그물을 올려 숭어를 잡는 방식이다.

첨단 레이더에 배 성능도 좋은 시절이니 레이더 보고 고기 떼를 찾아가 속전속결로 많은 양의 물고기를 잡아내는 게 누가 봐도 남는 장사이련만, 굳이 숭어 떼가 연안으로 먹이를 찾아올 때까지 기다려 걸어 올린다니…. 누군가는 품도 많이 들고 느린 이런 고기잡이를 언제까지 할 거냐고 투덜거릴 수도 있다. 사실 거의 사라져 가고 있는 방식이기도 하다. 지금은 가덕도, 거제도 등의 여덟 군데 정도가 이 전통 어로 방식을 유지하고 있다고 하니 말이다.

"이제 나이도 먹었으니 그만해야지, 올해도 그만하려고 했는데 하도 부탁해서…. 요즘에야 누가 이런 거 배우려고 해야 말이지."

"아무나 하기 힘든 건가요?"

"경험이 있어야지. 날씨에 따라 고기가 다르게 와. 구름 끼거나 비가 오면 바다 색이 달라. 연안의 바위는 가만히 있는데 뭔가 움직이는 게 보여. 그럼 가만히 오래도록 바다를 봐, 그럼 물빛이 달라. 숭어 떼가 오는 거지. 숭어 떼는 오다가 배를 뒤집어. 물빛이 어두웠다가 희끗희끗 뭐가 보이면 아…. 녀석들이 왔구나 하지."

"저…."

"가만…. 조용 쉿!"

순간 말이 없어진 망쟁이 노인은 한참을 짙푸른 바다를 바라보며 귀를 기울였다. 다음 순간 그의 날카로운 눈빛이 옆에 있던 어촌계장에게 어떤 신호를 보내고, 어촌계장이 밖으로 나가 배들에 신호를 했다. 숭어 떼가 온 것이다!

"어떻게 아셨어요?"

"소리가 들렸잖아, 숭어 떼 오는 소리…."

숭어가 올 때는 물빛이 변하고 바다의 소리가 달라진다는 걸 그 늙은 어부께 배웠다. 가끔 바다에 가서 짙푸른 바다를 가만 보고 있자면 그분이 떠오른다. 생뚱맞게도 닭 모래집과 함께 말이다. 평생을 어부로 살고, 숭어잡이 망쟁이로 망루를 본 지도 20년이 넘었다는 어르신은 바다 최고의 진미로 '숭어밤'을 꼽으셨다.

"숭어밤을 먹으면 숭어 한 마리를 다 먹었다고 해. 이걸 모르면 숭어를 모르는 거지."

숭어밤은 숭어 한 마리당 딱 한 점밖에 안 나오는 숭어 내장이다. 해저의 유기물이나 해조류의 영양 성분을 분쇄하고 필요 없는 건 배출하는 일종의 모래주머니인 셈인데, 생긴 것도 그렇고 맛도 오돌오돌 꼬들꼬들 고소한 게 꼭 닭 모래집 비슷하다. 거제도에서 맛본 그 찰지고 꼬들꼬들한 숭어밤은 구하기 힘든 탓에 나는 자주 닭 모래집을 어르신의 방식대로 기름장에 찍어 먹는다.

남들이 호강에 초 쳐서 속칭 '꿀잡'을 놓쳤다고 한 날, 나는 집에 오는 길에 포장마차에서 닭 모래집 한 접시를 샀다. 그리고 마음 한구석에 남아 있던 미련에게 이렇게 속삭였다.

'나는 나이 먹어서까지 그렇게 집요하고 잔인하게 다른 사람의 심장에 송곳니를 꽂고 그들의 삶을 갉아먹고 싶지 않아. 그렇다고 응가하는 순간조차 누구에게 먹힐까 겁내야 하는 나무늘보로 살기는 더더욱 싫고. 그냥 나는 내 기술로 남들과 함께 더불어 얻고 나누며 살고 싶은 거야. 오래도록 갈고닦은 이 기술과 연륜으로 남의 심장을 찌르는 대신, 남의 입에 달달한 숭어 뱃살이나 숭어밤 한 점 넣어줄 수 있다면 참 좋지 않겠어?'

〈한국인의 밥상〉 레시피 | 숭어밤에 기름장

1 숭어 내장을 잘 손질한 다음, 깨끗하게 씻는다.
2 먹기 좋은 크기로 썰어 참기름장에 찍어 먹는다.

* 숭어밤을 구하기 힘들다면 숭어밤 대신 닭 모래집으로 해도 좋다.

바람구멍이 필요한 날엔

여서도 해녀의 미역귀탕

가슴이 답답해 울고 싶은 날은 그 섬의 바람구멍이 떠오른다. 파도가 조금만 높아도 배가 끊겨서 쉽게 들어갈 수도 나올 수도 없는 섬, 이름이 담은 딱 그 뜻처럼 아름답고 상서로웠던 섬 여서도는 사방 어딜 봐도 절벽과 가파른 언덕이었다. 보는 순간 '이런 곳에 사람이 살 수 있을까?' 싶었는데, 한때는 1,200여 명이 살던 섬이라고 했다. 지금은 채 100명도 안 되지만.

한 사람 겨우 지날 수 있을 것 같은 좁고 복잡한 골목들은 섬을 거미줄처럼 연결하고 있었다. 그 사이사이에 들어선 집들은 뾰족하게 혹은 아찔하게 선 듯이 느껴졌다. 이탈리아 베네치아에 갔을 때, 뒷골목이 하도 복잡하게 얽혀 있어 자주 길을 잃고는 했었는데, 높은 돌담으로 둘러싸인 이 섬의 좁은 골목을 걸으면서 내내 베네치아의 그 복잡한 골목길이 떠올랐다.

좁은 골목들이 미로처럼 얽힌 길은 내게 살면서 늘 풀 수 없는 미스터리 같았다. 전혀 이어지지 않을 것 같은 골목이 다른 이상한 골목길과 이어지기도 하고, 집을 가로질러 통과해 이쪽으로 가면 전혀 아닐 것 같은 또 다른 길이 나오고, '이 길과 이 길이 어떻게 이렇게 이어지지?' 싶게 신비한…. 맞다. 나는 길치다. 그 섬에서도 한 사람 겨우 빠져나갈 정도로 좁은 골목을 미친 듯이 헤맸다. 일행이 없었다면 밤새도록 골목에서 빠져나올 수 없었을지도 모른다. '이 길이 저 길인가…. 저 길이 아까 온 그 길인가….' 혼자 바보 놀이를 하면서 말이다.

그런데 이렇게 헤매는 것에는 큰 장점이 있다. 사람 손을 타지 않아 아직 옛 모습을 그대로 간직한 길게 이어진 높은 돌담의 매력을 발견할 수도 있고, 높다란 돌담 아래 이제는 아무도 살지 않는 옛 집터를 사람들이 소박하지만 아름다운 색색의 채소밭으로 만들어놓은 것을 찾아낼 수도 있다. 그 문제의 바람구멍도 그렇게 헤매던 중 우연히 보았다.

높은 돌담마다 거짓말처럼 구멍이 하나씩 나 있었

다. 처음엔 오래됐으니 돌이 하나둘쯤 빠질 수 있다며 무심히 넘겼는데, 집집마다 돌담에 구멍이 하나씩 있을뿐더러 어떤 집에서는 아예 그 구멍에 창문까지 달아두었다. 돌담이라면 일종의 울타리인데, 울타리에 창문이라니 좀 이상하지 않은가?

마침 어느 집 어르신이 옥상에서 생선을 널고 계시기에 물었다.

"돌담에 난 이 구멍 뭐예요?"

"어떻게 봤어? 이거 개구멍~"

"이렇게 높은데요? 개가 어떻게 여기로 다녀요?"

"고기 잡으러 간 낭군님 배가 언제 오는지도 보고, 오늘은 파도가 얼마나 높은지도 살피는 개구멍이야. 돌담이 높으니까 밖이 잘 안 보이잖아~"

맞다, 그럴 수 있겠구나! 사람 키보다 높은 돌담들이 집을 감싸고 있으니, 바다를 보려면 이런 개구멍이 필요하겠다 싶었다. 어르신은 이어 말씀하셨다.

"근데, 젤 좋은 건 바람이 잘 들어와. 통풍도 잘 되라고 겸사겸사 뚫어놓은 거야."

'아하! 그렇다면 바람구멍이네~' 다음 순간 이런 상상이 꼬리를 물었다. 사람 키보다 높은 돌담들의 구멍과 구멍 사이로 바람이라는 녀석이 길을 만들며 집과 집 사이를 날아다니는 상상 말이다.

너른 창공을 떠도는 바람은 여유롭고 편안하게 유랑하듯 부유한다면, 돌담 구멍과 구멍 사이를 나는 바람은 얄궂은 장난을 걸고 신나게 웃으며 도망치는 어린아이처럼 경쾌하고 발랄한 느낌이 든다.

살다가 자신의 키보다 높은 돌담을 마음 겹겹이 치고 있는 것 같은 사람을 만날 때면 이 바람구멍을 떠올린다. '이 사람에게도 그런 바람구멍 하나쯤은 있을 텐데' 하면서 말이다. 그러고 나면 으레 잠수복 입은 아리따운 해녀 할머니 한 분의 얼굴이 떠오른다.

할머니를 처음 만난 건 섬의 해변에서였다. 잠수복을 입고 갓 채취해 온 미역을 널고 계셨는데, 치렁치렁 윤기 나는 검은 머리칼인 양 바람에 흩날리는 미역들 사이로 물기 어린 잠수복을 입은 그는 젊고 생기 넘치는 아가씨처럼 보였다.

큰 키와 빠른 손놀림, 힘 있는 걸음걸이 때문이었을까. 실제로 가까이 가서 본 그는 70대 할머니라고 부르기가 민망할 정도로 젊어 보였다. 처녀인 줄 알았다는 내 말에 할머니는 미역의 힘이라고 한참 뒤에 말씀하셨다. 왜 한참 뒤냐고? 사연이 길다.

해변에서 나는 할머니께 냉정하게 거절당했다. 그때 나는 바닷바람에 나부끼는 그 싱싱하고 맛있어 보이는 돌미역으로 밥상을 차려줄 토박이 어머님이 꼭 필요했다. 그래서 해녀 할머니께 다가갔고, 말을 걸었지만 몇 마디 짧은 대꾸 끝에 대차게 거절당했다. 물속에서 돌미역 베어 오고 이렇게 널고 하는 것만도 힘에 부치는데 어떻게 촬영까지 하느냐는 거였다. 매정한 말씀이셨지만 이해는 됐다.

그래도 포기할 수는 없기에, 솔직히는 1박 2일 일정으로 들어와서 딱히 더 갈 곳도 없었기에…. 한참을 미역 밑 따는 일을 거들었다. 돌미역은 베고 널어두기만 한다고 바로 마트에서 보는 그런 미역으로 변신하는 게 아니다. 지저분한 밑을 따고 손질해 포장하기까지 손 가는 일이 많다. 일부러 해녀 할머니의 곁에서 알짱거리며 일을 거들면서 눈빛으로 애원했다.

'할머니, 밥상 차려주실 거죠?'

하지만, 해녀 할머니는 끝내 냉정했다.

아름답고 낭만적이고 내가 봤던 어떤 곳보다 신비로웠던 그 섬에서는 모든 일이 참 순조롭지가 못했다. 한창 미역 철이어서 해변 가득 싱싱한 돌미역이 바람에 나부끼며 자태를 뽐내고 있었고 높다란 돌담 위에서 볕 받으며 말라가는 각종 해초가 '맛볼래? 내가 얼마나 맛있게~' 하며 유혹의 향기를 뿜어내고 있었지만, 마을 주민 누구 하나 밥상을 차려주겠다는 분이 없었다. 심지어 촬영에 대해서도 강하게 거부의사를 표시했다. 절박했다.

"웬만하면 저도 포기하겠는데, 그러기엔 이 섬이 너무 아름답잖아요~ 또 이 돌미역은 어떻게요~ 너무너무 맛있어 보이잖아요~"

그 섬 이장님께 온 마음을 다해 사정을 했다. 이장님은 여기저기 전화를 해도 응해주는 이가 없다고 난감해 하시다가 하도 우리가 조르니 한 해녀의 집으로 우리를 데려가셨다.

집에 들어서는 순간, 턱 가슴이 내려앉았다. 아까 그 해녀 할머니였다. 앞이 캄캄했다. 엎친 데 덮친 격으로 할아버지까지 말을 보탰다.

"아까 이 사람들 봤소. 내가 할멈한테 하지 말라고 했다. 나이 일흔 넘어서 물밑에서 미역 베는 것도 힘든데 무슨 음식을 해."

할 말이 없었다. 포기해야 하나 싶은 순간, 해녀 할머니의 목소리가 들렸다.

"밥상 차려줄게! 안 그래도 내가 해주려고 그랬어. 아까 미역 너는 데 와가지고 미역도 같이 따고…. 어렵게 섬까지 들어왔는데 힘들어도 내가 한번 해줘야지."

이어 할머니는 아까 그렇게 냉정하게 굴어 미안했다고 하셨고, 그 말끝에 할아버지가 이렇게 말씀하셨다.

"할멈 잘못 아냐, 내가 하지 말라고 해서 그런 거야. 내가 서른다섯에 바다 나갔다가 다리병신 됐어. 그래서 할멈이 미역 따서 먹고 사는데 할멈 나이가 일흔이 넘었소. 미역 따고 나오면 맨~ 머리가 아파가지고 잠도 못 자, 두통 때문에…."

'내가 너무 몰랐구나.'

나쁘게 생각하지 말라는 말에 더 눈물이 나려고 했다.

촬영 때 할머니는 수심 10미터 아래에서 돌미역을 베는 모습도 보여주시고, 그 돌미역으로 잊을 수 없을 만큼 풍성한 한 상도 차려주셨다. 돌미역은 끓일수록 더 진국이 우러나니 큰솥에 한가득 끓여서 며칠씩 두고두고 먹으면 좋다는 것도, 술 먹고 해장으로 그만이라는 미역귀탕을 끓이는 방법도 할머니에게 배웠다.

누군가, 진짜 너무너무 이해가 안 되는 말과 행동을 하는 누군가와 한바탕하고 술을 진탕 먹은 다음 날, 나는 숙취로 고생하며 할머니가 챙겨주신 미역귀로 미역귀탕을 끓였다. 미역귀를 조금 불려 데친 다음, 먹기 좋은 크기로 썰어 들깨가루와 쌀가루를 넣고 푹 끓인다. 보글보글 끓는 걸 좀 보다가, 조금 더 둔탁하게 버글버글 뽕뽕 쌀알이 익어가면 살짝 불을 줄이며 잠시 저은 뒤 불을 끄고, 김치와 함께 먹는다. 미역귀는 꼬들꼬들, 국물은 걸쭉하고 부드러운 게 미역국과는 전혀 다른 진한 맛이 난다.

마지막 한입을 먹으며 생각했다. 그 사람과 나 사이에도 바람구멍이 있었다면 이렇게 답답하진 않을 텐데…. 해녀 할머니가 그랬던 것처럼, 그에게도 속을 알면 오히려 내가 더 미안해질 이유가 있는 건 아닐까? 우리 사이의 바람구멍은 어떻게 만들어야 할까?

살다 보면 정말 도무지 말이 통하지 않는, 나와는 뭔가 주파수가 다른 것 같은 사람을 만날 때가 있다. 보통은 '너는 보나 마나 이런 사람일 거야'라는 확증편향으로 더는 알아보길 포기하고 관계를 차단하거나 무시하기 쉽다. 그런데 이곳이 그와 나 둘만 사는 무인도라면, 조금은 그 사람에 대해 알아보려고 하지 않을까? 내가 생각한 그것이 아닐 수도 있다고, 그래도 몇 번은 더 바람구멍을 내려고 두들겨보지 않을까…. 그 섬에서처럼 말이다.

그래, 한번 더 두들겨보자! 바람구멍이 생길 때까지!

〈한국인의 밥상〉 레시피 | 미역귀탕

1 미역귀를 씻은 다음 한 번 데친 뒤 먹기 좋은 크기로 잘게 썰어 끓인다.
2 들깨가루를 물에 푼 후 멥쌀가루를 넣고 섞는다(이건 비율이 따로 없다. 취향이다).
3 끓고 있는 미역귀에 들깨가루와 멥쌀가루 섞은 물을 넣고 걸쭉해질 때까지 가끔 저어주며 끓인다.
4 취향에 따라 소금 간을 한다(미역귀가 짭짤해 그냥 먹어도 무방하다).

* 고둥이나 소라 같은 해산물을 넣어서 끓여도 맛이 좋다.

불안일랑 떨치고 가볍게

갈아 갈아 꽃새우 젓갈

그: 어떤 내용을 잘라 편집해야 하죠?

나: ….

그: 인터뷰가 기니 뭘 넣어야 할지 얼른 정리해주세요.

나: (당황) 그걸 왜 나한테….

혼자 할 수 있는 일일 텐데…. 고개를 숙인다. 애써 모른 체하며 힘 있게 자판을 두들긴다. 귀에 꽂힌 이어폰을 그도 보았겠지…. '난 못 들었다, 난 못 들었다.' 잔뜩 고개를 수그리고 음악 볼륨을 높인다. 급하게 쓰던 원고에 분노 가득한 타자 소리와 함께 울화의 자음과 모음이 채워진다.

'(울컥) 내용 바뀌어서 바쁜 것 뻔히 알면서 혼자 좀 하면 안 되나? 자기가 따 온 인터뷰 하나 정리를 못 하나, 아니면 머리 쓰기 싫어서 남의 머리 좀 빌려달라는 건가? 그런 거면 왜 저리 당당해? 자기 할 일 자기가 안 하고 남에게 부탁하면서…!'

짜증과 분노가 머리를 가득 채운다. 그가 초조하게 시계를 본다. 나도 시계를 본다. 5시 30분! 그래, 그의 퇴근시간이구나. 그래서 저리 초조했구나.

6시 칼퇴근. 주 52시간이 바꾼 풍경. 정규직인 그들은 칼퇴근을 하고, 말이 좋아 프리랜서지 힘 없는 비정규직인 나는 남아서 잔업을 한다. 6시는 내게 그런 시간이다.

주 52시간제가 시행되면서 저녁이 있는 삶이 올 거라고들 했지만 정말 그런가? 진짜 저녁이 있는 삶을 사는 사람은 몇이나 되려나….

설국열차 꼬리칸에 탄 백 없고 힘 없는 사람들에게 주 52시간은 잔업수당마저 사라진 돈 없고 저녁 있는 삶이거나, 저녁 있는 삶을 위해 집에 가는 머리칸 사람들을 위해 잔업을 해야 하는 삶이다. 약자는 뭉치기라도 해야 하는데 나약해서인지 개성이 강해서인지 아니면 누구의 선택을 받아야 일이라는 걸 할 수 있는 방송작가라는 직업의 특성 때문인지 우리 직종은 강하게 뭉치지를 못한다. 나를 포함해 대개는 뒤에서만 이러쿵저러쿵 말이 많지 앞에서 당당하게 눈을 부라리며 제대로 문제 제기를 하는 사람은 극히 드물다.

나는 일부러 늑장을 부린다. 그가 상사에게 간다. 그리고 뭘 편집해야 할지 빨리 결정해달라고 한다. 상사가 다시 나에게 온다. 이렇게 저렇게 해서 정리를 해주면 어떻겠느냐고 한다. 이제 내가 그러겠다고 대답을 해야 할 차례다. 하지만 말이 목구멍 밖으로 나오지를 않는다. 정말 이건 안 하고 싶다! '난 지금 저 사람보다 훨씬 더더더 더더 바쁘다고요!'라고 말하고 싶다.

물밀듯이 밀려드는 일로 꽉 찬 아노미 상태인 내 머릿속에 또 하나의 숙제가 주어진다. '어떤 인터뷰를 뽑아줘야 할까….' 과부하로 터지기 일보 직전인 상태로 인터뷰 내용이 적힌 프리뷰 노트를 본다. 글자가 벌레처럼 보인다. 어지럽다. 그냥 이렇게 연기가 되어 사라졌으면 싶다. 분노와 화까지 더해져 사는 게 너무 무겁다.

'하…. 내겐 지금 커다란 학독(돌로 만든 조그만 절구)이 절실하다. 이 분노까지 더해 모두 다 형체도 없이 싸그리 갈아버리고 싶다.'

그날 보았던 커다란 학독에 꽃새우 가는 모습은 내게 속 시원한 환희 그 자체였다. 옛날 며느리들이 시어머니에게 화가 나면 북어를 그렇게 팼다더니, 그 기분이 이런 기분 아닐까 싶을 만큼. '득득~' 학독에 뭔가 갈리는 소리는 정겹고도 속 시원한 느낌을 준다.

12월의 마지막 방송을 만들기 위해 찾은 해남 땅끝마을, 그 방송은 사실상 내게도 4년여 〈한국인의 밥상〉 원고를 써온 시간을 끝맺음하는 마지막 답사였다. 마지막으로 본 땅끝의 바다는 모든 잡생각을 품어 안듯 평화롭고 아름다웠다. '저 바닷속에도 살기 위해 먹고 먹히는 치열한 삶의 현장이 있으련만 겉으로 보기엔 이렇게 푸르고 한가롭구나' 하는 생각이 들었다. 그때도 나는 좀 지쳐 있었다.

우리가 땅끝까지 찾으러 간 별미는 꽃새우였다. 꽃새우는 다루는 법부터가 퍽 인상적이다. 수염 있는 것이 진짜배기 땅끝 꽃새우이니, 꼭 수염을 보고 꽃새우를 골라야 한다고 말하던 땅끝의 아낙들 생각이 난다. 그들과 함께한 꽃새우 수염 제거 작업은 재미났다. 어머니 때부터 배워 그렇게 해왔다며 나무젓가락 서너 개를 뭉쳐 쥐고는 살살 돌려가며 수염을 떼는 것이다. 돌린다고 새우 수염이 그리 쉽게 떨어질까 싶었지만, 그들은 전문가였다. 전문가의 손안에서 꽃새우 수염은 거짓말처럼 나무젓가락에 착착 붙어 나왔다.

"돌리고 돌리고~♬ 이렇게 돌려줘야~ 새우 수염이 착착 달라붙어."

빨갛고 조그마해서 꽃새우라고 불린다는 이곳 새우는 젓갈을 담그거나 날것을 통째로 빨갛게 무치거나 해서 먹는 게 보통인데, 이 젓갈 중에는 오래 묵힌 것도 있지만 바로 즉석에서 학독에 쓱쓱 갈아 만드는 생젓갈이라는 것도 있다.

나는 이 꽃새우 생젓갈 만드는 모습이 좋았다. 전라도에서는 재래식 믹서라 할 수 있는 학독을 유독 많이 쓰는데, 꽃새우 생젓갈은 이 학독에 갈아야 제맛이라고 했다. 득득 쓱쓱~ 시원하게 갈리는 모습이 청량한 느낌마저 들었다.

"이러고 학독에 갈아야 더 찐득찐득하니 맛있어."

마늘 넣고 고추 넣고 꽃새우 넣고…. 덕덕 쓱쓱 찐득찐득 잘 갈리는 학독 안.

〈한국인의 밥상〉을 하며 나는 이 학독이라는 것의 매력에 빠졌다. 어릴 때 우리 어머니도 열무김치를 담글 때면 이 돌 학독에 마른 고추며 마늘이며 보리밥을 넣고 넓적한 돌로 득득 갈았던 기억이 난다. 학독에 갈아 만든 음식은 그 특유의 감칠맛이 있다. 형체도 모르게 다 갈려버리는 믹서와는 달리 마늘도 고추도 새우도 알알이 그 정체

성이 살아 있는 느낌이랄까? 특히 학독에 양념을 갈아 무쳐 만드는 열무김치는 그 어디에 비할 바가 아닌 맛이다.

"이 학독이 겁나 오래된 것이여. (꽃새우를 갈며) 맛있겄다. 새우가 팔딱팔딱하니 여기서 이렇게 갈아서 싹싹 밥 비벼 먹으면 겁나게 맛있어부러~"

"아고~ 우리 서방님 때문에 걸려서 못 묵겄네. 우리 서방님이 이걸 너무 좋아해갖고~"

전라도 아낙들의 음식에 대한 표현은 듣는 것만으로 입에 침이 고이게 하는 엄청난 마력이 있다. 학독에 음식 갈리는 소리처럼 말이다.

잘 갈린 꽃새우, 마늘, 홍고추 조합을 흰 쌀밥에 척 얹어 한입 크게 드시던 땅끝마을 어르신들의 표정에서는 세상 시름 다 잊은 것 같은 달달함이 풍겨 나왔다.

지금 내게는 그 모든 시름을 잊게 만드는 학독에 음식 갈리는 소리와 맛이 절실하다. 잡생각, 스트레스, 불평불만 따위 한데 뭉쳐 갈아 넣고 밥벌이의 고단함마저 다 잊고 싶으니까.

머릿속에 학독을 그리고, 잡생각을 하나씩 넣어 넓적한 돌공이로 득득 갈면서 가만히 눈을 감는다. '지금 닥친 일보다 쓸데없는 걱정을 더 많이 하고 있는 건 아닌가….' '그의 행동을 나쁘게만 오독하고 있지는 않은가….'

'괜한 열등감에 나만 피해자인 척하고 있지는 않은가….'
'진짜 일이 많은 것인가? 아니면 내 분노와 잡생각까지 더해져 일이 더 많게 느껴지는 것인가?'

돌고 도는 게 인생이라더니, 잡생각과 불안은 때마다 돌고 돌아 다시 나에게로 온다. 나이 먹고 세상 좀 살아보면 이런 불안도 분노도 떨쳐질 줄 알았는데 아니다. 언제고 위기의 순간 다시 찾아와 머리와 마음을 강타하며 스멀스멀 스며들어 짜증과 스트레스를 만들어내는 것이다. 해남 땅끝에서 아낙들이 학독에 꽃새우, 마늘, 고추 넣고 모두 갈아 새로운 음식을 만들어냈듯 나도 이 잡생각들을 한데 다 갈아 털어버리면 다시 새롭게 시작할 수 있지 않을까?

상사가 다가오는 발소리가 들린다. 눈을 뜬다. 프리뷰 노트를 들이밀며 애써 밝게 소리친다.

"이 부분 아주 좋은데요, 이렇게 이렇게 잘라서 편집해 넣으면 되겠어요."

"응 그럴까?"

어차피 해야 할 일이라면 웃으며 하는 게 낫다. 아직 이기지 못할 싸움이라면 참고 더 힘을 모으는 수밖에.

잡생각, 불안일랑 다 갈아서 털어버리고 그냥 가볍게 살자.

〈한국인의 밥상〉 레시피 | 꽃새우 젓갈(feat. 학독)

1 학독에 홍고추와 마늘을 넣고 간다.
2 다 갈린 고추와 마늘 위에 꽃새우를 넣고 다시 한번 간다.
3 썰어둔 쪽파를 넣고 다시 간 뒤 깨를 넣어 마무리한다.
4 흰밥에 얹어 먹는다.

* 꽃새우 수염은 나무젓가락을 뭉쳐 잡고 돌려가며 떼어낸다.

편먹기가
뭔말이랑가

삼도봉 감자삼굿

요즘 주변에서 자주 듣는 말 중 하나가 '적폐'다.

사전을 찾아보니, '적폐'란 오랫동안 쌓이고 쌓인 폐단이라는 뜻이란다. 그런데 내가 아는 누군가는 내가 아는 또 다른 누군가를 '적폐'라고 부른다. 인간인 누군가가 '오랫동안 쌓이고 쌓인 폐단'이 될 수 있는 걸까? 적폐라고 불리는 이들 대부분은 내가 알던 5년 전이나 지금이나 별로 변한 게 없다. 심지어 그들 상당수는 자신이 왜 적폐로 불리는지조차 제대로 인지하지 못하고 있는 것 같다.

그럼에도 한때는 동료였던 이들이 누구는 적폐로, 누구는 적폐가 아닌 이로 편이 갈려 서로를 등지고 외면 한다.

뭐 이런 거창한 단어가 아니더라도 편 가르기는 숨 쉬는 것처럼 자연스럽게 삶 속에 스며들어와 있다. 밥 먹으러 가서도 "넌 우리 대화에 낄 자격이 없어"라며 은연중에 선을 긋는 사람들도 봤으니까. 어른이 돼서 이루어지는 편 가르기는 어린 시절의 편 가르기보다 은밀하고 교묘하다. 잘나가는 쪽 편이 되기 위해 '가식'이라는 가면을 쓰고서는 힘 없는 사람들에겐 사정없이 못되게 굴고 힘 있는 사람들에겐 더없이 상냥한 사람들도 여럿 봤다. 그리고 그들이 조장하는 은밀한 따돌림, 무시, 혐오도 보았다. 가끔은 '나는 왜 재처럼 하지 못하나? 아침에 출근하면 윗사람들 먼저 찾아다니며 살갑게 웃고 저들의 민원 처리를 해주고 적극적으로 그들의 공을 칭송하고 틈틈이 자기 피아르를 하면서 라인을 타면 저렇게 수족이 편한 것을…. 나는 왜 소처럼 묵묵히 일만 하면서 내 밥그릇 하나 못 챙기나' 한심해지기도 한다.

'나는 조직 생활 부적응자인가….'

하지만 그럴수록 더 강해지는 생각은 적폐냐 아니냐, 보수냐 진보냐, 정규직이냐 계약직이냐, 유학파냐 아니냐, 전라도 사람이냐 경상도 사람이냐, 하다못해 남자냐 여자냐, 인싸냐 아싸냐 이게 뭐가 중요하다고 이런 편을 만드는가 하는 것이다. 이런 게 인간의 본성일까?

그렇다면 인간이란 너무 절망적인 생명체가 아닌가…. 같은 종족조차 혐오하고 미워하니.

우리나라에 삼도봉이라는 곳이 있다. 산봉우리를 중심으로 경상, 전라, 충청 세 개 도가 인접해 있는 곳이다.

"○○아~ 겁나게 바쁘냐? 안 그라믄 전라도로 내려와서 술 한잔 찌끄리자~"

전라도 친구가 충청도 친구에게 전화해서 도 경계를 넘어 술 한잔 하자고 말할 수 있는 곳, '어느 도 출신'이 아니라 사람이 먼저 보였던 그곳에서 각각 다른 도에서 나고 자라 이제는 일흔 줄에 들어선 세 친구를 만났다.

경상, 전라, 충청 삼도에서 태어나 같은 중학교를 다녔다는 세 친구는 무려 60년 지기라고 했다.

"충청도에서 산 하나 넘으면 전라도여~ 전라도 야네 집서 점심 먹고 충청도 집으로 오고 그렸지유~"

"워메 그것뿐이당가? 우리 어렸을 때 통행금지 생각 안 낭가? 충청도에만 통행금지가 읎었지~ 전라도 울 동네에서 술 먹다가 열두 시 통행금지 사이렌이 울려뿔면 겁나게 뛰어서 충청도로 도망가고 그랬당께~ 거긴 통행금지가 읎었으니께~"

"하모, 맞네~ 그랬어~ 기억력 억수 좋네~"

어릴 때는 양반이네 상놈이네, 핫바지네, 개똥새네 서로 놀리기도 했지만 다 재미 삼아 그런 거지 사람들이 말하는 지역감정이다, 편 가르기다 이런 거 우리 사이에는 없다고 일흔 넘은 친구들은 입을 모았다.

"지역감정은 정치인들이 만든 기라. 여 사람들은 그런 것 읎다. 다 동창이고 친구지~ 우리 친구 아이가~"

삼도의 말을 자연스럽게 섞어 쓰던 일흔 넘은 친구들은 전라도에서 과수원을 하는 친구네 집에 자주 가서 음식을 해 먹곤 한다고 했다. 어릴 적 친구들과 쇠꼴 먹이러 가면 감자삼굿을 자주 해 먹곤 했다고, 촬영 날은 그 음식을 하기로 했다.

감자삼굿은 예전에 삼을 찌던 것과 같은 방법으로 감자를 찌는 것을 말하는데, 간단하게는 구덩이를 파고 불을 때서 뜨거워진 돌이나 풀 위에 감자를 얹고 물을 부어 증기로 찌는 방식이다. 하지만 세부적으로 들어가면 지역에 따라 그 방식이 상당히 다르다.

그날도 삼도에서 모인 일흔 넘은 세 친구는 "왜 이랴~ 충청도에서는 그렇게 안 혀! 구덩이를 이렇게 파고 돌은 이렇게 올려야 혀~" "워메 우찌야 쓰까? 구덩이는 왜 파고 난리랑가~ 그렇게 하는 게 아니랑께. 풀을 올리고 풀

위에 감자를 넣어야 써~" 하며 구덩이 파는 방식이라든가 풀 위에 감자를 놓느냐 돌 위에 감자를 놓느냐 등 감자를 익히는 방식에서 상당한 이견을 보였지만, 이내 과수원에 왔으니 과수원 친구의 방식에 따르자는 한 친구의 중재에 따라 의견을 모아 돌 위에 나뭇가지, 풀을 차례로 올리고 그 사이에 콩과 감자를 넣었다. 그런 다음 흙을 덮고, 흙무덤 맨 위에 구멍을 낸 후 물을 넣어 증기로 콩과 감자를 익히기로 했다.

각자 의견 차는 있었지만, 서로 다른 방식의 감자삼굿에 대해 이야기하고 조율을 하면서 삼도의 친구들은 재밌어도 하고 새로운 방법을 배웠다며 신기해하기도 했다.

"뭐라 카노? 콩부터 먹어야제~"

"잉~ 콩부터 묵어~ 어릴 땐 입이 시꺼매가꼬 먹고 그랬는디~"

"○○아 우찌야 쓰까~ 나는 갑자기 눈물이 날라고 허네. 옛날 생각이 나부러…."

"니 와 그라는데~ 아…. 나도…."

어느 지역 식으로 흙구덩이 하나를 파면 어떻고 두 개를 파면 어떠하며, 아예 안 파면 어떤가…. 이렇게 친구들과 힘을 합쳐 구워낸 감자가 더 고소하고 달고 맛있다는 걸 알고, 입이 시커멓게 되도록 너 하나 나 하나 집어먹는 콩꼬투리 속 콩이 어떤 콩보다 더 달다는 걸 아는 그 마음만은 하난데…. 세상에서 제일 맛난 걸 만들고 맛보는 마음에는 편이 없다. 그저 함께해 재밌고, 같이 먹어 행복하고, 맛있어 좋을 뿐.

〈100분 토론〉을 하며 여러 진보, 보수 인사들을 만났다. 스튜디오 뒤에서 그들의 행동이나 말투나 대화 내용을 가만 보고 듣고 있자면 '이분이 진보가 맞나?' '보수가 맞나?' 헛갈릴 때가 많다. 진보 인사라고 생활 태도나 사고방식이 혁신적이고 진보적일 거라든가, 보수 인사라고 해서 완고하고 딱딱하고 보수적일 거라고 생각하면 큰 오산이라는 걸 나는 그 프로그램을 하면서 배웠다.

조명 뒤에서 그들은 서로 친구이거나 존경하는 선후배인 경우도 꽤 많다. 하지만 조명이 켜지고 집단 속으로 들어가면 각자의 이익에 따라 편이 나뉘고 가끔은 그 사이를 혐오와 증오라는 반갑지 않은 감정이 파고들기도 하는 것이다.

심리학자 주디스 리치 해리스가 쓴 《양육가설》에 따르면, 어린아이들은 자기보다 어린 아이를 차별하고 남성과 여성을 차별하며 심지어 자기와 다른 옷을 입은 아이까지 차별한다고 한다. 그건 아이들의 정체성 확립 과정 때문이라는데, 우린 성인이지 않은가? 그렇게 편 가르기를 하는 수많은 성인이 다 정체성이 덜 확립됐다는 말인가?

과거의 정치인이 본인의 이익을 위해 지역감정을 조장하고 진보니 보수니 편 가르기를 조장했다면, 요즘은 인터넷 등에서 부족주의를 이용해 돈을 벌려는 언론 매체가 사람들이 원하는 정보를 좀 더 자극적이고 신랄하게 전달해 수익을 올리면서 편 가르기를 조장한다고도 한다.

누군가는 편 가르기를 통해 자신의 욕망을 채울 것이다. 하지만 아무 얻는 것도 없이, 혹은 분위기에 휩쓸려 편 가르기에 동참하는 사람들이 얻는 건 뭔가? 매력적인 한 개인을 알기도 전에, 그가 어느 집단에 속해 있다는 이유로 오로지 그를 미워하고 혐오하면서 좋은 사람 하나 혹은 여럿을 알 수 있는 기회를 놓치는 게 고작 아닌가?

삼도봉 60년 지기 친구들처럼, 전라 경상 충청도 사람이 아닌 ○○, △△, ◇◇으로 혹은 삼도봉 사람으로 그렇게 한 사람의 성품과 매력만을 보아줄 수는 없는 걸까? 뭐든 조장하는 사람들이 문제다. 욕심 많은 사람들이 제 욕심 채우려고 갈라놓은 줄에 맞춰 내 편이네, 네

편이네 하면서 덧없는 혐오와 증오만 쌓는 일만큼은 이제 그만해야겠다.

'남들 욕심 채우는 일에 장단 맞추다 내 거 잃으믄 쓰간디~'

〈한국인의 밥상〉 레시피 | 감자삼굿

1. 돌을 한곳으로 모아 그 위에 나뭇가지와 풀을 올린 다음 그 사이로 불을 피운다.
2. 돌이 달궈지면 가운데 감자 넣을 공간을 만들어 감자를 집어넣는다.
3. 나뭇가지를 그 위에 덮고 콩을 올린 다음 또 나뭇가지와 흙을 덮는다.
4. 속이 좀 달궈지면, 흙무덤 맨 위에 구멍을 작게 뚫어 물을 넣는다.
5. 증기로 콩과 감자를 익힌 다음 꺼내 먹는다.(콩 → 감자 순)

한여름의 노동요

얼음 간장물

내리꽂히는 직사광선에 눈을 뜬다. 방 안이 찜질방인 양 후텁지근하다. 한여름의 정점이다. 문을 열고 거실로 나가봐야 그 찜질방이 그 찜질방이다.

'얼른 씻고 사무실에 나가야지.'

요즘 한여름엔 사무실에서 일을 하고 시원해지는 가을에 휴가를 내는 사람들이 많다고 한다. 그 마음을 나도 백분 이해한다. 이렇게 더울 땐 사무실이 최고의 휴양지다. '서둘러 씻고 이 찜질방 같은 집을 벗어나야지~' 하는 생각에 화장도 하는 둥 마는 둥 옷도 대충 걸쳐 입고 집을 나선다.

'하~ 역시 사무실이 좋다. 춥지도 덥지도 않은 온도,

딱이다.'

시원하게 땀을 식히며 노트북을 켜고 일을 시작한다. 더위에 지쳐서 그런가 일이 많아 그런가 자꾸 딴짓을 하게 된다.

11시 30분. 뜨거운 시선에 고개를 돌린다. 상사가 이 더위에 굳이굳이 밖에 나가서 맛있는 것을 먹자고 하신다. '하~ 저는 일을 거의 못 했는데요…. 그냥 근처에서 먹겠습니다…'라는 말을 차마 하지 못하고 동료들과 상사의 뒤를 따른다. 걷는 걸음걸음 뜨거운 태양이 온몸을 찌르듯 덤벼든다. 턱턱 숨이 막힌다. 앞에서 너른 보폭으로 힘차게 걸어가는 상사의 뒷모습이 보인다.

'연세도 있으신데 체력도 좋으시다.'

앞에서 나는 듯 걷는 상사를 보며 그동안 그가 먹었을 많은 보양식들에 대해 생각한다. 도로에 아지랑이가 일렁일 정도로 뜨거운 이런 날 왜 굳이 10분 넘게 걸어서 맛집이라는 걸 가야 할까에 대해서도 생각한다. 이렇게 더운 날에도 굳이 밭일을 나가야 한다며 시원한 노인정 에어컨을 마다하고 뙤약볕 아래서 일을 하시던 시골 할머니 할아버지 들 생각도 난다.

'그분들은 이 더위에도 밭에 나가셨을까?'

7, 8월 한여름에 시골로 답사를 다니다 보면 차에 에

어컨 틀고 다녀도 죽을 맛인데, 어르신들은 더위고 일사병이고 뭐고 일단 일부터 하고 나서 쉬어야 한다며 뙤약볕에서 한사코 논밭 일을 하시는 분이 많다. 땀이 소금가루가 돼 옷에 대롱대롱 매달리는 지경이 되어도 절대 쉬지 않으신다.

"잠시 회관에서 시원하게 에어컨 쐬며 음료수도 드시고 이야기 좀 하세요~" 하면 '버럭' 물정 모른다는 소리만 듣게 되는 것이다.

왜 이렇게까지 열심히 일을 해야 하는 걸까? 농사일은 다 때가 있고, 시기를 놓치면 고생해 키운 작물들이 죽을 수도 있고…. 여러 이유가 있겠지만 생각해보면 일이란 그냥 오랜 습관인 것 같다. 해오던 대로 하지 않으면 당장 큰일이 날 것처럼 불안하고 초조해 결국 하게 되는 것이다.

나도 그렇다. 프로그램을 그만두고 잠시 쉬는 기간을 참지 못한다. 당장 일 안 한다고 죽는 것도 아닌데, 비어가는 통장을 보면 불안하고 조급증이 나고 미래가 걱정되고 이러다 노후에 어디 쪽방 같은 곳에서 생을 연명하며 힘들게 죽어가는 건 아닌지 별별 걱정이 꼬리에 꼬리를 무는 것이다.

'그래, 여유를 갖자.'

상사와 맛집이라는 곳에서 자장면과 찹쌀 탕수육을 먹는다. 맛집 음식은 기대를 크게 갖지만 않으면 일단 기본 이상은 한다. 자장면도 찹쌀 탕수육도 달달하고 기름진 게 10분 넘게 걸어온 고통을 상쇄하고도 남았다. 하지만 자장면 집을 나오자마자 다시 뜨거운 뙤약볕과 도로 위 아지랑이가 온몸을 덮친다. 그래도 아까처럼 무지막지하게 싫지는 않다. 시원한 아이스커피 한 잔을 사 들고 다시 불볕더위를 뚫고 걷는다.

'이래서 이 더위에도 맛집이란 걸 찾나 보다.'

숨 막히게 더운 날이라도, 일이 너무 많아 밥 먹을 시간조차 없는 날이라도 잠시 손을 놓고 쉬는 시간은 필요하겠구나. 아이스커피를 보니 과수원 할아버지께서 쉬는 시간에 드시던 얼음 간장물 생각이 난다.

한여름 어느 과수원 취재를 할 때였는데, 과수원 할아버지께서 여름이면 꼭 먹는다며 얼음 간장물을 들고 나오셨다. 레시피는 굳이 설명할 것도 없이 간단하다. 집간장에 얼음과 물로 간을 맞추는 것이다. 빠져나간 염분을 채우기엔 이 집간장 얼음물이 딱이라고 할아버지는 말씀하셨다.

벌컥벌컥 얼음 간장물을 맛있게도 드시던 그 모습이 여름에 아이스커피를 마실 때마다 생각난다. 과수원 할아버지가 빠져나간 염분을 얼음 간장물로 채우셨듯, 나도 아이스커피를 시원하게 쭉 들이켜며 권태를 내보내고 열정을 채워본다.

유튜브를 열고 현대판 노동요를 튼다. 자판을 두들길 손가락을 쭉쭉 스트레칭하며 손가락에 시동을 건다.

'이제 일이란 걸 해 보자! 간장물도 마셨으니 신나게~'

〈한국인의 밥상〉 레시피 | 얼음 간장물

1 집간장이 필수. 집간장에 얼음과 물을 잘 섞는다. 끝~

2부

팔자를 탓하며 운명을 지지고 볶다

어디에 쓰는 물건인고

풀 아니고 꽃다지 나물

'이건 대체 어디에 어떻게 쓰는 물건인고…?'

머릿수건을 샀다. 머리를 감고 나면 편하게 머리를 감쌀 수 있고, 드라이도 쉽고 빠르게 할 수 있다고 했는데…. 아무리 감싸려고 해봐도 풀리고 제대로 되지를 않아서 한동안 멀찌감치 던져놓고 쓰레기 취급을 했다. 그런데, 인터넷 쇼핑몰을 헤매다가 다시 그 머릿수건과 비슷한 물건을 발견했다.

'앗…. 이렇게 하는 거였구나….'

넓은 부분을 뒤로해서 쓴 다음 앞으로 모아 머리카락과 함께 돌돌 말아서 단추를 채운다…! 구석에 던져놨던 머릿수건을 다시 꺼내서 시험해본다.

'앗~ 된다! 이거였구나! 이렇게 편한 것을 지금까지…. 이럴 수가!'

이 물건은 쓰레기가 아니었다. 내가 바보같이 쓸 줄을 몰랐던 거다. 번뜩 한 후배가 떠올랐다. 석 달을 함께 일하고서 씁쓸하게 보내야 했던 후배 녀석이.

디리리릭…. 디리리릭…. 디리리릭…. 디리리릭….

"우쒸!"

또 답이 없다. 전화만 열 번째.

'이 녀석이 또 잠적인가?'

불안과 공포가 엄습한다. 저번에도 1박 2일 동안 잠적했다 나타났는데…. 이번엔 또 무슨 일로….

새로 시작한 프로그램에서 막내 후배가 말썽이었다. 시사 프로그램이라 시사에 대해 좀 아는 작가를 뽑아야겠다 싶어서 여러 번 인터뷰한 끝에 고심해서 뽑은 녀석인데, 방송작가 세계에서 드문 남자 작가라 내가 잘 적응을 못하는 건지 아니면 이 녀석이 좀 특이한 건지 도통 속을 모르겠다. 곧잘 일을 하는가 싶다가도 어느 순간 갑자기 연락이 되지 않고 잠수를 타버리는 것이다.

시간 맞춰 팀원 전체에게 올려줘야 하는 자료도 올리지 않고, 상황이 어떻게 된 건지 말도 없고 연락이 되지 않는다. 이럴 때면 시쳇말로 똥줄이 탄다.

'내가 지금부터라도 자료 정리를 해야 하나, 아니면 상황 설명을 하고 팀원들에게 양해를 구해야 하나….'

자료 찾기가 일단 돼야 내용을 정리하고 영상을 만들고 줄줄이 이어지는 작업을 할 수가 있으니, 난감한 상황이다.

저번에는 아버지가 수술해서 중환자실에 가느라 전화를 못 받았다고 하더니, 병원이 어디냐고 묻는 말에는 그냥 어물어물 횡설수설이었다. 나중에 그 말은 결국 거짓으로 밝혀졌다.

'이 녀석을 어떻게 해야 하나? 문제 삼아 잘라야 하나, 아니면 너그럽게 안고 가야 하나….'

당시에도 무진 고민을 했었다. 본인이 다신 안 그러겠다고 하고 한 번 실수는 병가지상사다 싶어 다시 함께 일을 하기로 했는데, 벌써 세 번째 잠적이다. 대체 왜 그러냐고 물어봐도 그냥 "죄송합니다"라는 말만 계속하는 후배.

막상 녀석을 만나보면 순한 눈빛에 거짓말이나 하고 그럴 사람이 아닌 것 같아 보이는데, 이렇게 몇 번씩 잠적을 하니 정말 사람 미치고 환장할 노릇이다. 대체 얘가 왜 이러나…. 안 굴러가는 머리를 굴리고, 주변 친구들에게도 왜 그러는 거 같으냐고 물어보고, 연애 문제 때문에 그러나, 아니면 일이 벅찬가 본인에게 물어봐도 신통치 않은 대답뿐이다. 그리고 또다시 반복되는 문제들. 궁여지책으로 《90년생이 온다》라는 책까지 사 봤지만, 도통 알 수 없는 그 녀석의 마음.

네 번째 잠적을 끝으로 그 후배와는 더 이상 일을 함께하지 않기로 했다. 인수인계하는 과정에서 보인 후배의 태도는 훌륭했다. 진즉 이렇게 해줬으면 서로 다 좋았을 텐데…. 과거의 그 녀석이 맞나 싶었다.

이전부터 나는 '면접 볼 때와 잠적할 때의 그 녀석이 실은 다른 사람이다, 얘는 필시 쌍둥이일 것이다'라며 막내 작가 쌍둥이 설을 주장했는데, 면접 봤을 때의 그 똑똑하고 신실한 사람이 떠날 때가 되니 다시 돌아와 있는 기분이었다.

인수인계를 성실하게 척척 해내는 그를 보며 한편으로는 이런 생각이 들었다. 참 재주 많고 능력 좋은 친구인데, 내가 이 친구의 쓰임을 제대로 알아보지 못해서 제대로 협업하지 못한 건 아닐까? 저 산과 들판의 이름 모를 풀꽃들마다 쓰임을 알고 활용할 줄 알았던 할머니처럼 배움이 있어야 했는데 말이다.

할머니들은 산과 들에 나는 거의 모든 풀의 쓰임을 안다. 들풀로만 아는 질경이로 나물국을 끓일 줄 아는 것이 그분들이다. 한국의 나물이란 게 그렇다. 세계에서도 이렇게 다양한 풀을 음식으로 만들어 먹는 민족은 유례를 찾기가 힘들다. 그냥 보면 논밭둑에 아무렇게나 버려진, 어디에도 쓸모없는 잡초처럼 보이는 풀들이 그 존재가치를 아는 어머니 아버지 들의 눈에 띄면 특별한 맛을 내는 음식으로 바뀌어 밥상에 오른다. 그런 어르신들을 보면 나는 언제나 존경심을 감출 수가 없다.

"겨울 냉이가 제일 맛있어. 잎사귀만 먹어도 달아."

"모래가 안 나올 때까지 씻어야 해. 요즘 젊은 사람들은 나물 씻기를 싫어해서 나물 해 먹기가 힘들어."

젊은 시절 시어머니에게 모질게 혼나가며 나물의 쓰임이며 먹는 방법을 배우셨다는, 지리산에서 만난 한 할머니는 나물을 하기 전에 늘 흙이 다 씻겼나 검사하고 흙이 나오면 다섯 번을 더 씻어 오라고 하던 시어머니에게 나물을 배워놓으니 어느 것 하나 잊히지 않는다고 하셨다.

일흔이 넘은 나이에도 비탈진 산을 익숙하게 오르내리시던 할머니는 나물에 관해서라면 모르는 게 없었다. 코딱지, 벼룩이자리나물, 세발딱지, 단풍취, 어수리, 부

지깽이, 명아주, 쑥부쟁이…. 아이돌 팬들이 아이돌의 일과와 이력을 읊듯 할머니는 나물의 쓰임과 나는 시기, 생태와 역사를 줄줄이 읊었다. 그냥 들기름에 된장, 고추장 등 양념 몇 가지 넣고 무치기만 했는데도 할머니 손에서 제 나름의 향과 맛을 내는, 제 이름을 가진 나물들로 밥상에 오르는 풀들을 보면서 '쓰임을 안다는 게 이런 거구나' 생각했다.

어떤 나물은 살짝, 어떤 나물은 오래, 어떤 나물은 생으로, 얼마만큼 어떤 방식으로 무치고 삶고 끓여야 제 맛을 내는지 아는 할머니 덕에 내게는 길가의 쓸모없는 풀처럼 보였던 나물들이 제 향과 맛으로 밥상 위 각자의 자리를 채웠다.

그래, 막내 작가 시절 나도 저 친구처럼 혼란스러웠다. 어쩌면 그는 그 혼란스러움을 잠적이라는 방법으로 표현했는지도 모르겠다. 그리고 나는 그 혼란을 어떻게 잠재우고 양념해야 하는지 방법을 몰랐던 거다. 아는 사람들 눈에 띄어야만 세상 모든 것은 제 쓰임을 갖는다. 이번의 경험이 내게도 배움이 되겠지, 다음번에는 제대로 알아보고 제대로 협업할 수 있겠지. 마음속으로 다짐 아닌 다짐을 해본다.

물건이든, 사람이든 어떤 대상이 쓸모없게 느껴진다

면 스스로 먼저 물어야 한다. '그 쓸모와 다루는 방법을 네가 모르는 건 아니고?'라고.

〈한국인의 밥상〉 레시피 | 냉이 꽃다지 나물 겉절이

1 냉이를 여러 번 씻어 흙을 빼내고 손질한다.
2 꽃다지 나물을 잘 씻어서 준비한다.
3 고추장, 고춧가루, 매실청, 식초, 깨를 넣고 냉이와 꽃다지를 함께 넣어 버무린다.

* 양념은 새콤달콤함을 더할 뿐, 나물의 제맛과 향을 살리는 게 포인트다.

무인도에 살고 싶은 날

추포도의 물캇 냉국

잉~ 잉~ 드르륵 드르륵 드르륵 드르륵 드르륵.

"아~ 또, 또, 또! 이 ×× 같은 것들."

욕을 퍼부으며 눈을 뜬다. 휴대폰을 들어 시계를 보니 새벽 5시 30분.

잉~ 잉~ 잉~ 잉~ 드르륵 드르륵 드르륵….

"일어나라 제발 좀! 이제 그만 좀 일어나! 진상들 진짜! 못 일어날 거면 알람을 맞춰놓지를 말든가!"

새벽마다 강제 기상하게 만드는 휴대폰 진동 알람, 윗집 사람들이다. 드르륵대는 진동 알람은 짧게는 20분에서 길게는 40분 동안 쉬지 않고 울린다.

맨 처음 내가 윗집의 진동 알람 때문에 새벽마다 깨

서 미치겠다고 친구들에게 말했을 때 친구들은 믿지 않았다.

"설마, 윗집 진동 알람이 아랫집까지 들린다고?"

설마가 사람 잡는다. 정말 들린다. 그것도 고요한 밤에 정적을 깨듯 귀를 통해 뇌를 비집고 들어와 엄청 요란하게 울려댄다.

나도 처음엔 내가 괜한 사람들 잡는 거 아닌가 생각했다. 휴대폰 진동이 아니라 냉장고 소리라든가 우리 집에서 쓰는 다른 전자제품에서 나는 소리 아닌가 의심해 보기도 했다. 그런데 환청도, 강박증도 아니었다. 인터넷을 뒤져보니 나처럼 고통받는 아파트 주민이 꽤 많았다.

"봐봐, 여기 이 아파트도 그렇대. 진동 울리는 거 맞지? 내 말 진짜지?"

내가 그렇게 휴대폰 진동이 확실하다고 이야기해도 내 말을 믿지 않던 친구 하나가 얼마 전 이사를 하고는 내게 전화를 했다.

"네 말이 뭔지 이제 알겠어. 진짜 미치겠다, 남의 집 휴대폰 때문에. 어떻게 집을 지으면 남의 집 진동 소리가 다 들리냐?"

그래, 진짜 이건 겪어본 사람만 아는 미치고 환장하고 팔짝 뛸 노릇이다. 특히나 내 윗집처럼 새벽마다 30분씩 내리 진동 소리를 울려댄다면 더더욱 그렇다.

처음엔 관리사무소에 전화해서 소음 문제를 해결해 달라고 여러 번 조정을 요구했다. 하지만 사무소에서도 명쾌한 해결책을 내놓지 못했고, 윗집은 오히려 보복이라도 하듯 더 길게 주기적으로 진동을 울려댔다. 물론 고의는 아니었다고 믿고 싶지만 말이다. 아파트 층간 소음의 고통은 당해본 사람만 안다.

조사해보니, 1990년대에 지은 아파트들이 특히 소음에 취약하다고 한다. 딱 내가 사는 아파트다. 벽을 종잇장으로라도 만든 듯 이웃의 물 내리는 소리는 기본이고 TV 소리며 음악 소리, 벨 소리까지 다 들린다.

특히 윗집처럼 새벽엔 진동 알람이 울려대고 낮에는 온 가족이 달리기를 해대는 집이라면 더욱 견딜 수 없이 끔찍하다. 아버지와 아이들이 함께 달리며 신나게 웃어대면 그분들은 좋으시겠지만, 그 쿵쿵대는 발소리나 웃음소리가 아랫집인 내게는 공포다. 행여 천장이 무너지진 않을까…. 뛰쳐 올라가고 싶을 때가 한두 번이 아니었다. 하지만 사람들이 조금씩 다 화가 나 있는 요즘 같은 시대에 분란을 만든다는 건 엄청난 용기가 필요한 일이다. 행여 해코지라도 당하면 어쩌나 싶은 거다.

용기 없고 비겁한 평화주의자인 나는 윗집 사람들이

또 흥에 겨워 뛰어다니기 시작하면 조용히 이어폰을 끼고 바람 소리와 빗소리가 어우러진 어쿠스틱 음악을 듣는다. 그리고 서해, 동해, 남해의 수많은 외딴 섬을 생각한다.

〈한국인의 밥상〉 일을 할 때, 내가 취재하고 싶었던 것 중 하나가 딱 한 가구만 사는 섬을 찾아가 그 집의 밥상과 그분들의 이야기를 담는 거였다. 실제 전라도의 작은 섬 중에는 섬사람이 다 떠나버리고 한 가구만 사는 곳들이 꽤 있다.

"저 섬에 ○○ 할머니 혼자 살아요, 다들 나가버리고 혼자 사시죠."

다른 아이템 취재로 만난 뱃사람들은 배로 작은 섬들을 지날 때마다 섬에 홀로 사는 사람들의 이야기를 해주곤 하셨다. 그 얘길 들을 때마다 나는 그곳의 밥상을 취재하고 싶어 안달을 내었는데…. 섬에 홀로 사는 분들의 마음을 열기는 쉽지 않았다. 대부분 외지인의 방문을 그리 반기지 않을뿐더러 특히 〈한국인의 밥상〉은 밥상까지 차려야 하니, 그 부담과 수고가 몇 배라 늘 실패의 고배를 마셔야 했다.

그러다 우연한 기회에 행정구역상 전라도였다가 제

주도로 편입된 독특한 이력을 가진 추자도라는 섬에 관한 기사를 보게 되었고 그 섬에 딸린 작은 섬 추포도에 사는 한 가족의 이야기를 알게 됐다. 추포도를 찾아가는 길은 멀고도 험했다. 제주도를 거쳐 추자도로 그리고 다시 추포도로 가는, 섬에서 섬으로 들어가야 하는 여정이었다.

예전에는 일곱 가구 남짓 살았던 섬인데, 다 떠나고 지금은 한 가족만 살고 있다고 했다. 작은 섬이지만 주변이 워낙 황금어장이다 보니 낚시꾼이 많아 그들에게 밥을 해주고 민박도 하면서 살아오셨다고.

섬은 말할 수 없이 아름다웠다. 짙푸른 바다와 초록 들판으로 사방이 둘러싸인 곳에 들어선 집 한 채는 그야말로 위풍당당한 느낌이었다고나 할까…. 선착장에 배를 대고 험한 암벽을 넘어 등반을 하듯 집으로 가야 한다. 아버지, 해녀 어머니, 아들, 아들의 아내, 그리고 해녀인 딸. 섬 어느 한 곳 어머니의 손이 안 간 데가 없다고 딸은 말했다.

해녀 중 가장 기술 좋고 그래서 가장 깊은 바닷속에서 해산물을 채취할 수 있는 '대상군'인 어머니는 성격이 호탕하고 걸걸해 인근에서 욕쟁이 할머니로도 유명하다고 했다. 수영 선수였던 딸에게 해녀 일을 가르칠 때도 자비란 없다고. 바다 일이라는 게 목숨 걸고 하는 일이니 더 그러셨을 것이다.

섬에서 평생 물질을 하며 살아온 대상군 해녀 어머니는 섬의 해초며 조개, 생선에 대해 모르는 게 없었다. '물캇(세실)'이라는 해초가 있다는 것도 그 어머니를 통해 알았다. 물캇은 우뭇가사리과에 속한 해초인데, 다른 해초보다 식감이 부드러워 좋다. 데쳐서, 찐 고구마와 함께 버무려 냉국을 만들어 먹는다는 게 특이했다. 아마도 고구마가 설탕 역할을 대신하는 게 아니었을까 싶다.

어머니는 섬에 있는 모든 식재료의 진짜 맛을 낼 줄 아는 분이셨다. 뿔소라 젓갈이며 뿔소라 미역귀국, 군부, 삿갓조개, 거북손 무침…. 끝도 없이 다양한 해산물이 해녀 어머니의 손을 거쳐 진미로 탄생했다. 그 진미를 만들어내기 위해 모녀는 아무도 없는 바다에서 거친 숨비소리를 내며 물질을 했다. 드넓게 펼쳐진 짙푸른 바다에 오로지 모녀만이 두 개의 검은 점처럼 물 위로 나왔다가 들어갔다가 하는 모습은 꼭 황홀한 파라다이스를 유영하는 자유로운 두 영혼처럼 보였다. 드론으로 촬영한 그 영상은 오래도록 꿈에 나타났다. 천국 같은 느낌이라서 그랬을까?

"으하하하하~"

신나게 웃으며 좁은 아파트를 내달리는 아이들과 아빠의 '쿵쿵쿵쿵 다다다' 둔탁한 발소리가 어쿠스틱 음악의 비트를 뚫고 들어온다.

'얼마나 힘들까? 저 좁은 아파트에서 뛰어다니시려면…. 저분들을 그 섬으로 보내드리고 싶다. 너른 초원과 바다가 있는 추포도로. 그곳에서는 맘껏 속력을 낼 수 있을 텐데…. 나처럼 밑에서 고통받는 사람도 없고. 얼마나 좋을까….'

강아지들도 운동량이 부족하거나 일조량이 부족하면 소파며 신발이며 휴지며 가릴 것 없이 물어뜯으며 스트레스를 푼다. 저 가족도 분명 활동량이든 일조량이든 뭔가가 부족한 것일 게다. 안 그러면 집 안에서 저리 뛸 수는 없다. 이 성냥갑 같은 아파트를 벗어나 드넓은 대양을 벗하며 살아야 할 사람들이 좁은 아파트에서 얼마나 힘들까 안쓰러운 마음이 든다. 나도 나지만, 윗집 사람들도 참 고생이다(다행스럽게도 윗집 가족은 얼마 전 이사를 나갔다. 아래층도 없고 맘껏 뛸 수 있는 넓은 곳으로 가셨기를 바라본다).

<한국인의 밥상> 레시피 | 물캇 냉국

1. 물캇을 끓는 물에 데친 뒤 냉수에 20분 정도 담가서 남아 있는 바닷물과 비린내를 뺀다.
2. 고구마와 손질한 콩나물을 냄비에 넣고 찐 뒤 찐 고구마는 껍질을 까서 으깬다.
3. 으깬 고구마와 물캇, 콩나물에 생마늘을 다져 넣고 쪽파도 썰어 넣는다.
4. 된장, 멸치액젓, 거북손 육수, 참기름, 깨소금을 넣어 완성한다(기호에 따라 거북손을 넣어도 된다).

사랑 없는 삶이 꼭 나쁘기만 한가

눈개승마 초무침

꿈을 꿨다. 아라비아의 어느 좁은 골목길 사이로 친구와 손을 잡고 한도 끝도 없이 달리다가 미로로 가득한 어느 집으로 들어갔다. 친구는 다른 친구들의 무리에 들어가 일원이 되었는데, 난 또 뭔가를 찾겠다며 미로 속 그 집을 헤매다 눈을 떴다. 기억은 가물가물한데 상실의 느낌은 너무나 선연하다. 꿈을 깨서도 친구가 속한 그 무리에 나도 들어갔어야 했나 고민했다.

웃기는 일 같지만 난 요즘 들어 꿈에 집착한다. 현실이 불행할 때면 기도하며 잠이 든다.

"꿈속에서라도 사랑하는 사람들을 만나 원 없이 사랑받고 사랑하며…." 까무루룩….

전에 아버지가 한창 명리학을 열심히 공부하시면서 가족들의 사주 풀이를 해주신 적이 있다. 내 사주에는 독수공방하는 '공방살'이 있다고 했다. 평생 스님처럼 외롭게 살 팔자라고.

"헐…. 스님 팔자라니…. 아니 무슨 아빠가 딸에게 그런 말을…." 발끈했다. "아니, 사주가…" 하고 아빠는 말끝을 흐렸지만 나는 알았다. 정말 그럴지도 모른다는 걸.

팔자인지 직업 탓인지, 내 성격이 만든 필연적인 운명인지 몰라도 나는 연애에는 젬병이다. 워낙 좋은 건 좋고 싫은 건 싫은 성격이라 그런 단호함을 무서워하는 사람들이 슬금슬금 피하는 것도 있겠지만, 간혹 만나게 되는 이가 있더라도 이내 관계가 끝나고 만다. 내가 뭘 어쩌지도 않았는데 금세 남자들은 싫증을 내고 문자로 이별을 통보하거나 서서히 연락을 끊는 식으로 관계를 정리한다. 슬프지만 가끔은 '공방살'이 있어서, 그냥 내 팔자가 그렇게 스님처럼 외로울 팔자라서 그런가 보다 생각하기도 한다.

그런데 생각해보면 그렇다. 사랑 없는 삶이 꼭 나쁜가? 그 덕에 얻는 또 다른 게 또 있지 않나? 삶이란 나쁘기만 한 건 없다. 이게 팔자라면 전에 영월 산속 절에서 만났던 비구니 스님 세 분처럼 그렇게 맑고 평온하게 혼자인 채로 평생을 살아도 좋겠다 싶기도 하다.

사찰음식에 대해 취재할 때 영월 산속의 작은 절을 찾은 적이 있었다. 좁은 산길을 한참 꼬불꼬불 올라가서 만난 너른 평지. 세 비구니 스님은 그곳에 아담한 절을 지었고, 정원처럼 예쁜 나물밭도 만들어놓으셨다.

처음 스님들을 만났을 때 나는 그 맑은 얼굴에 놀랐다. 세 분 다 연세가 꽤 있으셨는데, 말간 얼굴이나 피부는 아이처럼 맑고 투명했고, 표정은 거짓 없이 순해 보였다. 특히 원장 스님은 말씀하시는 것으로 봐서는 환갑 즈음이거나 그 이상은 되셨을 것 같은데, 평생 산을 타며 산속에 사셔서 그런지 가늘고 여린 체형에 속이 비칠 정도로 피부가 고왔다. 말씀하시는 모습이 꼭 옛 그림 속 선학을 닮았다.

선학! '깃털은 눈같이 희어서 진흙탕에도 더럽혀지지 않으며 1,600년 동안 물을 마시지만 먹이는 먹지 아니하고 신선들과 벗하며 산다'는 새. 험한 산을 날듯이 오르는 가벼운 원장 스님의 발걸음에서 나는 선학을 떠올렸다.

세 스님은 꽃이 활짝 핀 꽃밭을 돌보듯 나물밭을 돌보고 계셨는데, 손수 만드셨다는 그 밭에는 생취나물, 흰민들레, 눈개승마, 방풍나물, 어수리나물, 곤드레나물, 싸리순, 접골목, 질경이까지 150여 종의 나물들이 있었다. 나물밭 주변으로는 깨진 기와와 도자기를 울타리처럼 쳐놓아 언뜻 보면 밭이 아니라 잘 손질된 정원같았다. 스님들은 요샛말로 '금손'들이셨다. 원래 버려진 탄광촌이었던 이곳에 정착해 땅을 다지고 절을 세운 것도 스님들이라고 했다. 자급자족의 삶을 실천하고 싶어 터를 닦고 이곳에 절을 지으셨다고. 산꼭대기에는 스님들의 수행을 위해 직접 지게에 자재를 지고 올라가 만들었다는 작고 예쁜 암자도 있었다.

"노동 자체가 수행이라는 마음으로 힘든 줄도 모르고 기꺼이 했어요."

처음엔 산나물에 관해 아무것도 몰라, 마을 사람들이 채취하는 걸 보고 이게 뭐냐고 물어가면서 나물에 대해 배우고 산의 것을 하나둘씩 절에 심다 보니 이렇게 너른 나물밭을 갖게 되셨다는 스님들. 나물밭에서 나는 건 필요한 만큼만 채취하고 나머지는 그냥 자연 그대로 두는데, 그렇게 두면 꽃도 피고 씨앗도 맺어 저절로 화초밭도 되었다가 거름도 되었다가 다시 나물밭도 되었다가 한다고 했다.

"마을 사람들이 가끔 절에 와서 나물을 드시고서는 여기 나물은 이렇게 향도 좋고 맛있는데 왜 집에서는 그 맛이 안 나는지 모르겠다고들 하시는데, 아마 그래서인 것 같아요. 먹을 만큼만 먹고 자연의 흐름대로 놔두니까요. 다 갖지 않고 남겨두어야 더 단 열매를 맺는 것 아닐까요…."

욕심이 폭풍처럼 제어가 안 될 때면 나는 종종 스님들의 말을 떠올린다.

"육신을 지탱하는 약으로 알아 도업을 이루고자 이 공양을 받습니다"라는 말과 함께 시작되던 영월 산골 그 작은 절에서의 식사시간과 함께 말이다.

그 절에서 먹은 산채 나물들과 밥 한 그릇은 내가 전국 팔도를 다니며 먹어본 나물 밥상 중 감히 최고라 할 만했다. 연한 어수리 잎을 두부와 섞어 무친 반찬은 크게 간을 안 했어도 어수리나물의 내음과 두부의 무향무취가 어우러져 깊은 맛과 향을 냈다. 취나물은 취나물대로, 눈개승마는 눈개승마대로, 질경이는 질경이대로 제 나름의 식감과 맛이 살아 있어 하나하나 개성을 가진 반찬으로 느껴졌다. 어릴 적 제기차기할 때 뭉쳐서 차던 질경이가 이런 맛을 내는 나물이라는 걸 그때 처음 알았다.

방송이 끝난 뒤 스님들은 눈개승마를 많이 따서 나누고 싶다고 하시며 사무실로 나물들을 보내주셨다. 눈개승마는 눈 속에서 올라와 그러한 이름으로 불리는데, 강원도는 추운 탓에 늦게야 순이 올라온다. 그래서 촬영 때는 겨우 올라온 새순을 있는 대로 채취해 겨우 찍었는데, 우리가 가고 난 뒤 무성하게 잘 자랐다며 제맛을 보라고 보내주신 것이었다.

통통하게 제대로 살 오른 눈개승마는 데쳐서 초장에 무쳐 그냥 먹어도 싱싱한 횟감 못지않은 감칠맛을 낸다. 〈한국인의 밥상〉을 하면서 몇 번 눈개승마를 맛볼 기회가 있었는데 먹을 때마다 놀란다.

'나물에서 이런 맛이 나다니….'

고기, 인삼, 두릅 세 가지 맛을 낸다는 눈개승마는 누가 어떻게 만들고 언제 어떻게 먹느냐에 따라 다른 맛을 내는 것 같다.

삶도 그렇다. 어떻게 생각하고 어떻게 살아가느냐에 따라 다른 맛을 낸다. 나물밭을 돌보고 나물을 나누는 것을 노동이 아닌 수행의 일환으로 생각하고 살아가는 스님들의 나물은 그래서 더 달게 느껴졌던 것인지도 모른다.

"어렵고 지저분한 일들이 내 눈에 보이면 그것을 내 복이라고 생각해야 해요. 일에다가 '복' 자를 붙여서 일복이라고 하는 거 되게 좋은 말이에요. 마음은 늘 편한 쪽으로 가려고 흔들려요. 아직도 탐진치(불교에서 말하는, 탐내고 성내고 어리석은 마음)를 벗어나지 못한 거죠. 탐진치에서 벗어나려면 육신을 더 부려야 합니다."

남은 가졌으나 내게는 없는 것을 쫓기보다 내 눈에 보이는 것을 '내 복이다' 생각하고 살 수 있는 지혜, 스님들이 주신 그 지혜를 되새기며 살아가야겠다.

〈한국인의 밥상〉 레시피 | 눈개승마 초무침

1. 눈개승마를 반으로 갈라서 손질한다.
2. 끓는 물에 데친 눈개승마를 찬물에 식혀 결대로 찢고 물기를 짠다.
3. 사과를 채 썰어 준비한다.
4. 고추장 세 숟갈, 쇠비름 효소 두 숟갈, 식초 세 숟갈을 넣어 초장을 만든다(약간 묽은 느낌으로 하되, 칼칼한 걸 원하면 고춧가루를 더 넣어도 된다).
5. 데친 눈개승마에 참기름 조금과 채썬 사과, 초장을 넣고 버무린다.

비빌 언덕 어디 없소

실향민 부부의 홍어찌개

어제부터 목구멍이 깔깔하더니 아침에 일어나니 코가 맹맹하고 열이 나기 시작한다. 예감이 좋지 않을 때는 역시나다. 살아온 햇수가 늘어가면서 좋은 점은 내 몸에서, 혹은 주위에서 일어나는 작은 징후들을 보고 앞으로 어떤 일이 일어나리라는 예측이 약간은 가능하다는 거다. 이를테면 나에게 감기는 늘 경구개 부근으로 찾아와 코를 거쳐 목구멍을 간질거린 뒤 기침을 남기고 사라진다. 열감과 두통까지 덤으로 찾아오면 꼼짝없이 엄마가 시골에서 보내주신 생강차를 마시고 드러누워야 한다.

"오늘부터 방 콕. 집에서 나가지 말자~!"

감기에 걸려 아프지만, 속으로는 웃음이 난다. 카톡을 확인 안 해도, 전화를 안 받아도, 억지로 가야 하는 약속에 가지 않아도 좋을 핑곗거리가 생긴 것이다. 사회생활이라는 걸 해보니, 내키지 않아도 해야 하는 일이 많다. 당장 하고 싶지 않아도 상대가 원하면 해야 하는 일들이 가끔은 스트레스가 된다. 한 시간 넘게 친구나 지인이 계속 전화를 끊지 않거나 카톡으로 대화하는 걸 멈추지 않을 때면 뜨거워진 전화기를 부여잡고 생각한다.

"어떻게 하면 이 친구가 기분 나쁘지 않게 잘~ 끊을 수 있을까? 끊고 싶다…. 끊고 싶다…. 잘…."

싫어서가 아니다. 그냥 이렇게 오래 대화하는 게 지금은 힘들 뿐이다. 상대도 같은 마음이면 좋겠지만 때로는 내 단호함이 상대에게 상처를 주기도 한다는 걸 알게 된 뒤부터 그렇게 딱 잘라 전화를 끊는 게 힘들어졌다. 내 말투 때문이었을까? 아니면 내가 고른 단어들 때문이었을까?

친했던 한 친구가 그런 이야기를 한 적이 있다. 전화하는 중에 "이제 끊자~" 하는 너의 말이 너무 상처가 된다고. 그 말을 처음 들었을 때는 "끊자~" 하지 않으면 대체 뭐라고 해야 하는 건지 그 친구의 말이 이해가 안 됐는데, 사람이란 게 만 개의 돌멩이처럼 비슷해 보여도 각자 다 다르다는 걸 알게 된 지금은 더 많이 고민하게 된다. '이 사람은 어떤 사람인가? 어떻게 해야 좋아하고 싫어하나?' 하고. 그리고 그렇게 고민하지 않아도 그냥 서로 잘 아는, 간단한 표정만으로도 마음을 알아줄 누군가가 있다는 건 얼마나 큰 축복인가 생각한다.

함께한 오랜 세월이 그런 마음과 마음 사이의 길을 만드는 것인지, 아니면 비슷한 고통을 함께한 경험이 길을 잇는 건지 모르겠지만, 마음끼리 서로 통하고 기댈 수 있다는 걸 알게 해준 여든의 노부부가 있었다.

"북한 황해남도에는 과일군이라는 데가 있습니다. 거기 과일이 얼마나 맛있는지, 사람들이 그렇게 이름을 바꿨대요. 옛날엔 송화라고 했죠. 우린 다 거기 사람들이에요."

황해도의 유명한 과일 고장에서 온 실향민이 모여 사는 전북 완주의 정농마을이라는 곳에 간 적이 있었다. 1951년 1·4 후퇴 때 뗏목, 어선 등을 타고 내려온 분들이 정착한 마을에서 그 노부부를 만났다.

할머니는 열세 살 어린 나이에 혈혈단신 홀로 '아구리배'라고 불리던 미군의 배(LSD함)를 타고 남쪽으로 오셨다고 했다. 남한으로 오는 길에 목격한 참상은 아직도 잊히지가 않는다고. 배 타고 오던 길에 잠시 머물렀던 섬에서 물을 건너다가 그만 물에 빠져 죽어버린 갓난 아기를 붙잡고 통곡하던 여인의 모습이며, 좁은 배에서 5,000여 명의 사람들이 끼여 앉아 화장실도 못 가고 그 자리에서 볼일을 해결해야 했던 일도 기억이 생생하다고 하셨다.

그렇게 어렵게 군산에 내려 남의 집 살이를 하며 생계를 꾸리셨는데, 할머니에게 삶의 이유는 오직 북에 두고 온 동생들과 아버지 어머니를 만나러 고향에 가는 것뿐이었다고 하셨다. 그러다 혼인할 나이가 되어 할아버지를 만나게 됐다.

"고향 사람이랑 결혼해야 고향에 갈 수 있을 것 같았어요. 그래서 고향 남자를 찾아서 중매를 놓았지요. 그게 지금 할아버지예요."

고향에서는 서로 모르는 사이였지만, 알고 보니 할머니와 할아버지의 집은 서로 40리밖에 떨어지지 않은 곳에 있었다고 한다. 할아버지가 학교에서 소풍 갈 때마다 할머니 집 앞을 지나곤 했었다고. 두 분 모두 고향 집 주소는 물론이고 고향 마을 골목길 하나하나까지 기억하고 계셨다. 어디에 논이 있고 밭이 있고, 어디에 물레방아가 있었는지, 떡집이 있었는지…. 평생을 찾아가려고 되뇌다 보니 이제는 잊으려고 해도 잊히지 않으신다고.

"우리 할아버지랑 손잡고 고향에 가면 얼마나 좋겠어요."

"그럼 이산가족 신청은 하셨어요?"

"안 했어요. 평생 못 했죠, 북에 있는 가족들한테 해가 되면 어떡하나 싶어서요. 그런데 이제 나이 먹으니까 죽기 전에 꼭 한번은 보고 싶어요."

가족 하나 없이 홀로 남으로 내려온 할머니에게는 남쪽에서 살아온 60년 넘는 세월 동안 할아버지가 유일한 버팀목과 같았다.

"나는 형님하고 같이 왔지만, 집사람은 혼자 내려왔어요. 남의 집 살이 하면서 고생도 많이 했죠. 또 나한테 와서도 더 고생을 많이 했고요."

"뭘 고생해요. 불쌍한 사람들끼리 만나서 지금까지 잘 살았어요. 아들딸 다 낳고."

'나 때문에 고생했다'는 할아버지의 말에 할머니는 단호하게 아니라고, 둘이 만나 지금까지 잘 살았다고 하셨다. 할아버지는 할머니의 아픔을 알고, 할머니는 할아버지의 그 알아주는 마음을 헤아리고 계셨다. 남편과 아내는 그렇게 서로의 처지를 안쓰러워하며 오랜 세월을 함께해왔다. 두 분은 그렇게 서로의 비빌 언덕이 된 것 같았다. 나란히 앉은 두 분의 모습이 능선으로 이어진 두 개의 큰 산 같아 보였다.

허허벌판의 천막촌을 거쳐 시멘트로 지은 쪽방에 몇 가족이 함께 살다가 지금의 버젓한 '내 집'을 짓고 살게 되기까지 할아버지 할머니가 함께한 지난 60년 세월을 다 헤아릴 수는 없지만, 어려운 순간마다 두 분이 어떻게 서로에게 기대 무너진 마음을 일으켜 세웠을지는 짐작할 수 있을 것 같았다.

할아버지가 가장 좋아하는 음식이 홍어찌개라며, 할아버지 고향에서는 홍어가 사람 반 토막만 하다고 들었다며 미소를 가득 머금고 홍어찌개를 끓이시던 할머니의 얼굴과 주름진 손. 그리고 그런 할머니를 옆에서 가만히 말없이 바라보시던 할아버지의 눈빛 속에서 나는 60여 년 세월이 두 분 사이에 만들어놓은 굳건한 뭔가를 보았다.

보글보글 잘 끓은 홍어찌개. 그런 홍어찌개를 보며 할아버지는 맛있겠다고, 참 맛있겠다고 우리 아내가 홍어찌개를 맛있게 잘 한다고 입에 침이 마르게 칭찬을 하셨다. 하지만 정작 찌개가 완성되고 그릇에 놓이자, 몇 입 못 뜨고 수저를 놓으셨다. 그리고 그 모습을 지켜보던 할머니 눈에는 금세 눈물이 고였다.

"옛날에는 홍어찌개 한 그릇이면 밥 두 그릇은 먹던 양반인데…. 저렇게 못 먹어. 맛있게 잡숴요. 아프지 말고요 제발. 할아버지가 아프면 내가 죽겠어요."

요즘 몸이 안 좋으시다는 할아버지가 미안한 듯 할머니의 손을 잡으며 말씀하셨다.

"내가 나이가 많이 먹어서 이제는 맛있는 것도 많이 못 먹어요."

희미하게 웃으시던 할아버지의 주름진 입가와 붉어진 할머니의 눈가가 각인된 듯 내 마음에 남았다. 두 분이 평생 정 좋게 살아 부럽다는 이웃들의 말과 함께.

평생 서로의 비빌 언덕이 되어준다는 건 그분들 같은 모습이 아닐까…. 지금도 생각한다.

서로의 고생을 알아주고, 처지를 안쓰러워하고, 덕분에 잘 살았다고 감사해하는 그런 모습으로 누군가의 비빌 언덕이 되어주는 건 생의 축복일 것 같다. 오래돼 부패했다고 버려지는 게 아니라, 잘 곰삭아 제맛을 내고 누군가의 삶에 피가 되고 살이 되고 기쁨이 되는 잘 삭은 홍어처럼 말이다.

〈한국인의 밥상〉 레시피 | 황해도식 홍어찌개

1 홍어를 손질한다.

2 다시마와 멸치로 육수를 낸다. 육수가 끓을 때 고추장 한 숟갈, 고춧가루 세 숟갈, 소금 한 숟갈을 넣는다.

3 손질한 홍어와 미더덕, 고추, 대파, 양파를 넣고 끓인다.

4 홍어가 다 익으면 버섯과 미나리를 넣고 5분 더 끓인다.

* 할머니의 홍어찌개는 미리 육수를 내고 거기에 홍어를 넣어 푹 끓여 낸다는 것이 특이했다.

내 인연은 어디에

처녀 농군의 잠계탕

대학 때: 그 사람은 차가 뭐야? 어느 동네 살아?

졸업 후: 집은 있대? 직업은? 연봉은?

지금: 초혼이야? 애는? 왜 결혼 안 했대?

왜 나는 이런 수많은 질문들 속에서도 아직 인연을 찾지 못했을까? 가끔은 정말 짝이라는 게 있는 건지, 인연이란 것의 존재 자체가 의문스럽기도 하다. 그런데, 그러기에 나는 너무 많은 아름다운 인연들을 알고 있지 않은가….

상주에 뽕을 취재하러 갔을 때였다. 뽕, 하면 우스운 장면이나 야한 영화 같은 것을 떠올릴지도 모르겠다. 나도 그랬으니까. 하지만 취재를 하면 할수록 뽕잎, 누에, 길쌈처럼 옛 어른들의 눈물과 땀범벅인 단어도 없다는 생각이 들었다. 내 밥 먹는 것보다 누에 밥 먹이는 게 우선이었다는 한 할머니는 새벽부터 뽕잎 따고 누에 치고 하는 게 너무 피곤해 잠깐 졸았더니, 누에 밥 안 주고 졸았다고 시어머니가 누에 바구니를 얼굴에 집어 던져 누에 똥 범벅이 됐었다는 이야기를 해주셨고, 다른 할머니는 뽕잎을 따다가 하도 힘들어 뽕밭에서 아기를 낳을 뻔했다는 이야기를, 또 다른 할머니는 여자는 당연히 밤새도록 길쌈을 하는 줄 알았던 시절 길쌈 못하는 여자는 시집가기도 힘들었다는 이야기를 해주셨다.

눈물 없이는 들을 수 없는 그 시절 이야기를 알고 난 후부터 내게 '뽕'이라는 단어는 웃기고 야하기보다 슬프고 땀내 가득한 삶으로 다가온다. 그 짠한 삶 속에는 물론 아름다운 사랑 이야기도 있다.

상주 뽕 농가에서 한 부부를 만났다. 아내는 결혼 전 상주 산골에서 어머니와 함께 농사를 짓고 살았다고 했다. 그러다가 우연히 어느 라디오 프로그램에 사연을 보냈단다. 처녀 농군의 사연이 좋았던지 방송이 나간 뒤 전국 각지에서 200여 통의 편지가 쏟아졌다고. 그중 훗날 남편의 편지가 있었다. 그러고 보면 남편은 200대 1의

관문을 통과한 사람이었던 거다.

"남편이 글을 참 잘 썼어요. 편지를 읽었는데 너무 좋더라고요."

아내가 말했다.

"잘 보이려고 《샘터》 같은 잡지에서 글을 엄청 베꼈죠."

남편이 수줍게 웃었다. 아내도 마주 웃으며 그럼에도 남편은 글을 잘 쓴다고 다시 한번 강조했다.

남편은 당시 군인이었다고 했다. 불침번을 서다가 그 라디오방송 사연을 듣고 홀어머니를 모시고 사는 아내의 처지가 꼭 자신과 같아 아내와 펜팔을 하고 싶었다고. 남편은 찢어지게 가난한 집에서 나고 자라 풀죽도 못 먹고 살았다고 했다. 그러다 군대라는 델 와보니 하루 세 끼 밥도 주고 옷도 주고 너무 좋았는데, 아내와 펜팔까지 하게 되니 세상에 그런 천국이 없었단다.

"정말 찢어지게 가난한 집에서 나고 자랐어요. 마지막 휴가 때 이 동네로 와서 아내를 처음 봤는데 아내가 너무 예쁘더라고요. 그리고 모녀가 둘이 사는데 농사지어서 '쌀밥'을 먹는 거예요. 우리 집에서는 나물죽도 못 먹는데…. 아내가 욕심이 났지만, 밥도 못 먹는 집에서 무슨 장가예요? 그랬는데 아내가 우리 집에 가겠다고 하는 거예요. 난감했죠."

남편은 찢어지게 가난한 집을 차마 보여줄 수가 없어서 아내를 집 근처 여관에서 기다리라고 해놓고 몰래 도망을 가려 했다고 한다.

“충주행 버스표를 끊어놓고 몰래 버스 타러 가는 길에 아내랑 딱 마주쳤어요. 한마디로 들킨 거죠. 어쩌겠어요. 어쩔 수 없이 집에 데려가 인사를 시켰죠.”

형수는 여러 날 굶어서 피골이 상접했고, 조카들도 배고파 울고 난리도 아니었다고 한다.

“동네 사람들도 다 구경을 왔지요. 가난한 집에서 장가가려고 여자를 데려왔다니까 믿나요 어디?”

그때 그 가난한 집을 보고 아내는 왜 도망가지 않았을까? 내 물음에 아내는 답했다.

“가난한 게 뭐 문젠가요? 편지 속 남편은 성실하고 믿을 수 있는 남자였어요. 확신이 들었죠. 결혼도 내가 먼저 하자고 했는걸요.”

그렇게 농군 아내와 군인 남편은 부부의 연을 맺었다. 남편은 처가살이를 하며 탄광을 다니다가 광산이 문을 닫고 나서는 탄광에서 번 돈으로 땅을 사서 장모님과 아내와 함께 누에를 키우기 시작했다. 산으로 다니며 남편은 뽕잎을 따고 아내는 나무 밑에서 그 잎사귀를 챙겨 집으로 가져와 누에를 먹이고…. 그렇게 열심히 살다 보니 아이들도 생겼다.

가진 게 없어도 가장 좋은 것을 자식 입에 넣어주고 싶은 게 부모 마음, 아이들 튼튼하게 자라라고 아내는 뽕나무 뿌리와 누에를 닭과 함께 넣고 푹 삶은 잠계탕을 자주 끓였고 남편은 누에 튀김을 해서 아이들을 먹이고는 했다. 누에 튀김은 오징어 튀김처럼 밀가루 옷을 누에에 입혀 튀겨내는 음식이다. 징그러울 것 같지만, 고소한 맛에 먹고 나면 총명해진다는 이야기까지 있으니 먹어볼 만도 하겠다 싶었다. 번데기 맛 비슷하지 않을까? 누에를 만지고 머리에 얹고 업고 장난하며 자란 딸들은 누에에 대한 거부감이 없다고 했다.

딸들이 도시로 나가고 난 흙집에서는 아직도 언제나처럼 부부가 누에를 키우며 산다.

"나 일 참 많이 했지 솔직히."

남편이 말했다.

"당신같이 움직인 사람이 어디 있어. 그러니까 지금까지 버텨냈지."

아내가 답했다. 서로가 서로를 알아봐주는 것. 부부는 그렇게 서로를 알아봤고, 지금도 알아봐주며 살아가고 있다.

서로를 알아본다는 게 참 쉽지 않은 일이다. 생면부

지의 상주 산골 농사꾼과 전방의 군인이 서로를 알아보고 인연의 줄을 당겼다는 건 어쩌면 기적과 같은 일이라고 나는 생각한다. 그런 기적을 만나려면 눈 크게 뜨고 누군가를 알아볼 노력은 해야겠지. 짠한 인생 속에 인연을 만나는 기적이라도 있어야 그래도 '살맛 난다~' 말이라도 하지 않겠는가. 일단 눈 관리 잘 하고, 용기를 충전하며 살아갈밖에.

용기 충전!

〈한국인의 밥상〉 레시피 | 잠계탕

1. 오가피, 마늘, 대추, 뽕나무 뿌리(뿌리는 봄에 캔다. 나무에 물이 오르는 봄이 되면 껍질이 잘 벗겨진다. 이때 말려뒀다가 일 년 내내 먹는다)를 준비한다.
2. 닭과 누에를 잘 손질해 약재들과 함께 넣은 다음 푹 삶는다(누에 대신 번데기 통조림을 넣어도 된다).

함박눈이
펑펑 내리는 날엔

백두대간 메밀반대기

베란다 통창으로 흰 눈이 하염없이 날린다. 얼마 만에 보는 함박눈인지….

어릴 때는 눈이 내리는 거라고 생각했다. 그런데 고층 아파트에 살면서 시야가 제한된 베란다 창으로 보는 함박눈은 내린다기보다 떼를 지어 날아다니거나 위로 치고 올라가는 것 같다. 오르고 오르다 10층이 넘는 우리 집 베란다 창을 두들기는 녀석들도 있고, 그냥 위만 바라보며 끝 모르고 올라가기만 하는 녀석들도 있다.

'나도 저렇게 언젠가는 내려올 수밖에 없는 창공을 향해 끝도 없이 날아오르고 있는 건 아닌가?'

따뜻한 커피 한 잔을 놓고, 흔들의자가 아닌 인체구

조에 맞게 설계됐다는 시스템 의자에 앉아 컴퓨터 자판을 치다 말고 베란다 창에 날아드는 눈송이를 바라본다.

20년 넘게 같은 일을 하다 보니 이런저런 생각이 든다. 뭘 위해 일을 하는 건지, 이렇게 해서 뭘 얻을 수 있는 건지, 이렇게 일하고 또 일하면 남는 건 뭔지 그리고 뭘 얻겠다고 일을 하는 게 맞는 건지…. 누군가는 일이 하기 싫으니까 복에 겨워 별 쓸데없는 궁리를 한다고 할지도 모를 생각들이 꼬리에 꼬리를 물고 이어지는 것이다.

'바빠서 힘들고, 치열해서 힘들고, 생각 많아 힘든 지금 이 시절이 눈물 나게 그리울 날이 내게도 올까?'

예전에는 함박눈이 오면 헤어진 옛 남자친구 생각도 하고, 라디오 디제이 목소리가 전하는 눈에 대한 사연을 들으면서 친구들에게 술 한잔 하러 오라고 객쩍은 문자도 보내고 그랬는데 지금은 눈이 내리면 백두대간에서 만난 할아버지와 눈 사냥 생각이 먼저 난다.

'할아버지는 올겨울에도 펑펑 내리는 눈을 보며 눈 사냥 나갈 생각을 하고 계실까?'

한겨울 눈 쌓인 백두대간 산간마을은 언제나 나를 매료한다. 하얗게 눈 쌓인 고즈넉한 풍경을 보면 나도 그 속에 녹아드는 자연의 일부가 된 것 같아 기분이 좋아지는 것이다. 〈한국인의 밥상〉을 하면서도 겨울이 되면 늘 그곳에 가고 싶었다. 한반도의 등줄기인 백두대간의 여러 지역은 유독 눈이 많이 와서, 아직도 눈이 내리면 마을 자체가 완전히 고립돼버리는 곳들이 있다.

해발고도 1,400미터까지 마을이 형성돼 있는 대기리도 그중 한 곳이다. 지금은 도로가 뚫렸을지도 모르지만, 숲이 좋아 푸른 고원 마을이라 불리기도 하는 대기리는 길이 안 좋던 시절에는 오지 중의 오지로 꼽혔다. 그곳에서 젊은이들보다 더 열정적으로 빛나는 눈빛을 지닌 70대 후반의 노부부를 만났다. 마을에서 옛날엔 눈 사냥을 어떻게 했는지 그분들께 이야기를 들었다.

예전엔 눈이 오기 시작하면 사람 키가 훌쩍 넘도록 쌓였다고 했다. 문이 안 열려서 집에 며칠씩 갇히는 날도 많았단다. 겨울이면 먹고살기 위해서라도 꼭 해야 하는 일이 바로 눈 사냥이었다고 할아버지는 말씀하셨다.

"눈이 많이 오면 내일은 눈 사냥을 나가야겠다고 생각했지. 눈이 오면 짐승들이 못 다니니까 마을 사람들이 직접 만든 나무 스키를 신고 창을 들고 나가서 짐승 몰이를 해 잡는 거야. 토끼도 잡고 노루도 잡고…"

할아버지는 어려서부터 겨울마다 하는 눈 사냥을 너무 좋아해, 그 시절에 직접 만들었던 나무 스키를 아직도 가지고 계시다고 했다.

"내가 이래 봬도 스키를 타면 날아다녀."

"지금도 탈 수 있으시겠어요?"

"그럼, 타고 말고~"

고로쇠나무를 깎아 만드셨다는 스키를 보여주시고 직접 신어도 보시며 착용법을 설명하는 할아버지의 모습은 자신감이 넘쳤다. 할아버지보다 한참 젊은데도 뼈 부러질까 무서워서 몇 년 전부터 조심조심 할머니처럼 스키를 타고 있는 내가 부끄러웠다. 나는 조심스럽게 할아버지께 혹시 촬영 때 스키를 조금 타주실 수 있겠냐고 부탁했다. 거절하셔도 할 수 없다고 생각했는데 할아버지는 흔쾌히 그러자고 하셨다.

촬영 당일, 오랜만에 신어본 스키가 낯설어 몇 차례 넘어지긴 하셨지만, 젊은 시절의 실력을 멋지게 보여주셨다. 그러고는 말씀하셨다. 오랜만에 스키를 타서 너무 좋다고, 지금이라도 젊은 친구들이 도와주면 눈 사냥을 나가고 싶으시다고.

눈 사냥을 할 때는 젊은 사람들이 짐승을 찾아 골짜기로 몰아주면, 힘은 조금 모자라도 기술은 좋은 노인들이 창을 들고 대기하고 있다가 짐승이 골로 내려오는 순간을 포착해 창으로 찔러 잡는다고 하셨다.

"눈이 쌓이면 내일은 사냥 간다고 밤에 들떠서 잠이

안 왔어. 아침에 눈 사냥 가기 전에 우리 어머니가 꼭 메밀반대기를 싸주셨거든, 그걸 허리춤에 매달고 다니면서 사냥할 때 먹고 그랬지. 그 맛이 아직도 생각나."

메밀반대기는 메밀가루에 밀가루나 도토리가루를 적당량 섞어 소금, 설탕을 넣고 반죽한 다음 강원도 식으로 염장한 갓을 넣고 다시 반죽해 쪄내는 일종의 떡 같은 음식이다. 시간이 지나도 잘 굳지 않아서 사냥을 할 때 허리에 차고 다니면서 먹기에 좋았다고 할아버지는 말씀하셨다. 이런 산간 마을에서는 도토리와 메밀이 주식이었다.

두 분을 만나 뵈러 갔을 때도 할머니께서 직접 만든 도토리 꿀밤을 내주셨는데, 팥과 밤을 섞은 듯 달달한 맛과 부드러운 식감이 좋은 음식이었다. 참 먹기는 쉬운데, 도토리로 하는 음식은 손이 많이 가도 어쩌면 이렇게 많이 갈까 싶을 정도로 만들기가 힘들다. 떫은맛을 없애기 위해 수차례 끓이고 떫은 물을 우려내 버려야 음식으로 활용할 수 있기 때문이다. 이렇게 만들기 힘든 음식을 굳이 겨울마다 해서 드시는 이유를 할머니에게 물었다.

"예전에 하도 먹어서 안 먹는다는 사람이 많은데 우리 부부는 메밀반대기를 유별나게 좋아해."

옛 음식과 옛 문화가 계속 이어졌으면 좋겠다고, 좀

힘들어도 그 시절 음식이 몸에도 좋고 입에도 달다고 할머니는 덧붙이셨다.

촬영을 하던 날에도 노부부의 집에는 오백 원짜리 동전만큼이나 큰 함박눈송이가 소복소복 내려 쌓였다. 할머니가 메밀반대기를 만드는 모습을 한참 지켜보던 할아버지는 조용히 창가로 가 눈 내리는 모습을 바라보셨다.

"아, 눈 많이 내린다."

음식을 만들며 할머니가 놀리듯 대꾸하셨다.

"사냥하러 가야겠네~"

무뚝뚝하게 할아버지가 답했다.

"사냥은 무슨…."

그렇게 대꾸하는 할아버지의 눈에는 눈물이 고여 있었다.

지나간 시절은 지나가서 그리운 것일까? 아니면 다시 돌아올 수 없는 젊음이 거기 있어서 그리운 것일까? 할아버지의 눈물은 이후로도 종종 생각이 난다. 일이 힘들 때면, 할아버지가 눈 사냥을 그리워하듯 나도 언젠가 하고 싶어도 일을 못 하게 되는 날에는 이 일이 눈물 나도록 그리울 수도 있지 않을까 하는 작은 기대를 실어보기도 하면서.

'바빠서 힘들고, 치열해서 힘들고, 생각 많아 힘든 지금 이 시절이 눈물 나게 그리울 날이 내게도 올까? 오겠지. 나쁜 기억은 잊히고 좋은 기억만 남을 거니까. 추억이란 그런 거니까.'

〈한국인의 밥상〉 레시피 | 메밀반대기

1 메밀가루와 밀가루(또는 도토리가루)를 일대일 비율로 그릇에 담아 골고루 섞는다.
2 소금과 설탕을 약간 넣은 뒤 물을 조금씩 부어주며 반죽한다.
3 미리 담근 염장 갓지를 꺼내 찬물에 염분기를 빼고 물을 꼭 짜낸 뒤 잘게 썬다.
4 메밀 반죽과 갓지를 함께 넣고 다시 반죽해 먹기 좋은 크기로 떼어낸 뒤 찜기에 넣고 15~20분간 쪄낸다.

쓰레기 만들려고 살지는 말자

고로쇠물과 오징어 조림

결제를 한다. 박스가 온다.

결제를 한다. 봉투가 온다.

결제를 한다. 또 다른 박스가 온다.

결제를 한다….

상자가 쌓인다. 큰 상자, 작은 상자, 더 큰 상자, 더 작은 상자, 더더 작은 상자. 가지각색 모양의 플라스틱과 스티로폼, 비닐도 더불어 쌓인다. 재활용 쓰레기를 모아 놓은 베란다에 벌써 버릴 것이 한가득이다. 이제 목요일인데…. 내가 사는 아파트는 일주일에 한 번, 화요일에만 재활용 쓰레기를 버릴 수 있다. 그렇게 열심히 쓰레기를 갖다 버려도 일주일 지나기가 무섭게 쓰레기는 베란다를 가득 채우고 넘칠 만큼 쌓인다.

'너 쓰레기 만들려고 사냐?'

언젠가는 쓸 거라며, 쓰지도 않은 새 물건을 가득 쌓아둔 서랍장에 또 다른 새 물건을 쌓는다.

'아, 이런 게 있었네.'

뜯지도 않은 채 쌓여 있는 스카프가 눈에 띈다. '더운데 내년 봄에나 써야겠네~' 하며 다시 잘 챙겨 넣고는 그 위에 새 물건을 쌓는다. 오래된 녀석이 새로 들어온 녀석에게 텃세를 부리는 건지, 새로 욱여 넣은 물건들이 서랍장 문을 비집고 튀어나오려고 애를 쓴다. 서랍장 문이 안 닫힌다.

'서랍장을 하나 더 사야 하나.'

검색을 한다. 이것저것 살펴본다. 결제를 한다. 상자가 온다. 상자가 쌓인다. 또 상자가 오고 상자가 쌓인다.

'정말 너 쓰레기 만들려고 사는구나!'

요즘 나는 폭주하고 있다. 자책과 함께 한편으로는 이런 생각도 든다.

'폭주 좀 하면 어때?! 유명한 사람들 중에도 호더가 많다는데, 유명해지려나 보지.'

세계적인 예술가 앤디 워홀도 동화책, 유명인의 신

발, 편지를 비롯해 사람들이 쓰레기라고 취급하는 물건까지 모았다고 한다. 집이 5층 건물이었는데, 물건으로 가득 차 겨우 방 두 개에서만 생활했다는 기사를 본 적 있다.

내 집을 둘러본다. 적어도 방 하나는 앤디 워홀 못지않다. 옷과 가방, 화장품으로 가득한 방에 들어가 물건들을 하나하나 찬찬히 들여다본다. 언제 샀는지, 있는 줄도 몰랐던 옷들에 이어 상자에 그대로 쌓여 먼지를 뒤집어쓴 화장품들이 눈에 띈다.

'이건 뭐지?'

먼지 쌓인 상자를 서둘러 뜯는다. 에센스다, 나이트크림이다, 아이 프라이머다.

'득템인가?'

사는 게 참 그렇다. 열심히 일도 하고 돈도 벌고 뭔가 한다고 하는데 남는 건 늘 쓰레기들뿐이다. 반복된 경험으로 보건대, 나는 목표를 잃었거나 공허하거나 뭔가 할 게 잔뜩 있는데 하기 싫어 죽겠을 때 보통 폭주한다. 이번에도 여지없다. 꼭 처리해야만 하는 하기 싫은 일은 가득 쌓여서 데드라인이 코앞인데 삶은 공허하고…. 뭘 위해 사나 싶고…. 뭘 산다고 해서 마음이 채워지는 것도, 그리 행복한 것도 아닌데 난 왜 이런 반복된 쓸데없는 짓을 하는 걸까? 스마트폰으로 쇼핑하는 일이 이렇게 쉽지만 않았어도…. 괜히 스마트폰이 원망스럽다. 소셜커머스나 홈쇼핑으로 반값 할인이네, 지금 안 사면 기회가 없네 하지만 않았어도…. SNS를 켜도, 기사를 읽다가도 자연스럽게 쇼핑창으로 손이 간다.

'아니다…. 다 핑계일 뿐이다.'

지금 내게 필요한 건 득템이 아닌 이 쓰레기들을 말끔히 씻어내버릴 고로쇠물과 오징어 조림이다. 냉장고에서 물을 꺼내 벌컥벌컥 한 컵 들이마신다.

'고로쇠물이었다면 좋았을 텐데….'

고로쇠물의 달달하고 청량한 느낌이 머릿속에서 기억의 맛을 만들어낸다.

'설탕을 타야 하나….'

그런다고 봄의 정기를 품고 싱싱하게 물오른 고로쇠나무의 수액 맛을 따라갈 수는 없겠지만.

봄이 오면 봄나물보다 더 먼저 산에서 채취하는 게 고로쇠물이다. 요즘엔 지나친 채취가 문제가 되기도 하지만, 그래서 고로쇠물을 마실 때마다 어쩐지 죄책감이 들기도 하지만, 그래도 목구멍으로 넘어가는 그 시원함과 청량함은 틀림없는 생동감 가득한 봄맛이다.

경칩을 맞아 새해 첫 나물을 찾아서 지리산으로 답

사를 간 적이 있었다. 좀 이르다 싶긴 했어도 개구리도 깨어나는 경칩인데 뭐라도 돋아 있겠지 싶은 마음으로 출발했는데, 완전한 오판이었다. 산이 깊을수록 봄은 평지보다 훨씬 늦게 온다.

2월 말에 산에서 나물이라니, 산을 좀 아는 사람들의 비웃음을 사기 충분한 일이다. 먹을 게 없어 밥상을 어떻게 차리나 싶었던 그때 나를 살려준 것이 바로 고로쇠물이었다. 과거엔 경칩이 되면 여수나 목포 쪽 뱃사람들이 산으로 몰려와 산에서 사나흘씩 자면서 고로쇠물을 마시고 가곤 했다고 한다. 고로쇠물을 위해 계를 들고 돈을 모아서 해마다 무슨 의식처럼 그렇게 산을 찾았다고.

"뱃사람들은 어째서 봄마다 고로쇠물을 그렇게 먹었을까요?"

9대째 대를 이어 지리산에서 살아왔다는 어르신께 물었더니, 뱃사람들 사이에서는 경칩에 고로쇠물을 마시면 속병도 없고 한 해 뱃일이 잘 된다는 속설이 있다는 말씀을 해주셨다.

"아마도 생선에 회충 같은 게 많으니…. 예전엔 회충약도 없었잖아. 고로쇠물 많이 먹으면 회충이 빠져나가서 배가 덜 아프다고 생각했던 것 같아."

어르신은 이렇게 자체 해석까지 덧붙여주셨는데, 그럴 법하기도 했다. 전에 전라도 어딘가에서 옻나무 진액을 채취하는 분을 취재한 적이 있었는데, 그때 그분도 예전에 뱃사람들이 회충을 없애기 위해 옻 진액을 사 가곤 했다는 이야기를 하셨다.

어쨌든 택배가 전국 각지로 고로쇠물을 날라주는 이런 편리한 세상이 되기 전까지는 경칩 무렵이면 산으로 몰려드는 뱃사람들 덕분에 산에도 오랜만에 비릿한 생선 냄새가 가득하곤 했다고 한다.

뱃사람들은 산에 올 때면 오징어며 말린 생선, 장어까지 싸 들고 와서 구워 먹고는 했는데, 고로쇠물 한 말(18리터)을 방에 가져다주면 밤새 짭짤한 생선과 함께 그 많은 물을 다 마시곤 했단다.

"술 마시듯 그렇게 고로쇠물을 마셨어. 짠 오징어를 씹어가면서."

물 마시다 지치면 오징어며 말린 생선을 안주처럼 먹다가, 다시 또 물을 마시고…. 안주와 술을 먹듯 그렇게 밤새 반복하는 식인 거다.

요즘 우리가 독소 뺀다고 일주일 내내 해독주스 마시는 것과 비슷한 것 아니었나 싶다. 예나 지금이나 알게 모르게 묵은 독을 빼고 몸을 새롭게 하는 일종의 의식들을 하는 것 같다. 해독주스나 약을 사 먹는 대신 예전에는 산에서 나는 고로쇠물이라든지 묵은 나물을 먹으며 그렇게 했던 게 아닐까?

어르신네서는 뱃사람들과 조금 다르게, 겨우내 먹다 남은 묵은 나물에 염소 구이를 얹어 먹으며 새봄을 준비하는 집안의 풍습이 있다고 했다. 그 역시 독소를 빼고 영양은 채우고, 묵은 것들을 처리하고 새날을 준비하는 의식인 듯싶었다.

취재를 하면서 여러 곳을 돌아다니다 보면 묵은 나물을 몰아 먹는 날이 있는데, 바로 우리가 잘 아는 음력 1월 15일 정월 대보름이다. 둥근 달이 손에 잡힐 듯 크게 뜨는 날, 어릴 적 나도 달을 보며 엄마가 해준 오곡밥과 나물을 먹곤 했다. 나물 한번 뜯어본 적 없었던 나는 그때 먹은 나물이 묵은 나물이었다는 걸 나중에야 알았다.

'묵은 걸 다 먹어 치워야 봄에 새 나물이 나면 또 캐 먹지.'

새 나물이 나기 전, 한 해 농사를 준비하기 전 묵은 나물을 한데 모아 밥에 넣어서 김이나 토란잎에 싸 복쌈을 만들어 먹거나, 나물에 염소 등의 고기를 넣고 탕을 끓여 먹거나…. 지역마다 마을마다 풍습은 조금씩 달라도 그렇게 묵은 것들을 처리하고 몸에는 영양을 충전한다. 묵은 독은 빼내고 영양은 채우는 의식이라는 데는 차이가 없는 것 같았다.

새것을 채워 넣기 위해서는 묵은 것을 처리해버려야 한다. 산골 어르신도 아는 지혜를 나는 왜 못 배웠을까? 내 서랍장 가득한, 뜯지도 않은 새것이지만 묵은 것들을 보며 생각한다.

'경칩 개구리가 깨어나듯 묵은 것들을 날려버리고 새롭게 시작할 시간이다!'

포장지를 뜯어내고, 묵은 물건 대신 새 물건을 놓는다. 그리고 숙제처럼 묵혀뒀던 자료들을 꺼낸다. 내게 쇼핑과 사재기는 해야 할 일을 하지 않는 데서 오는 죄책감과 이 무의미함을 잊게 하는 마취제 같은 것이었다.

그리고 헨리 데이비드 소로우의 《월든》 한 구절을 떠올린다.

> 한평생 '집'을 소유하기 위해 종일 일하고
> 좋은 옷과 좋은 음식을 위해 번 돈을 소모하며
> 다시 채우기 위해 우리는 또다시 일터로 나간다.
> 그뿐 아니라 집을 구하면 집 안을 또 '채워야' 하고
> 한번 옷과 음식에 길들여지기 시작하면
> 이제 그 이하로 떨어질까 봐 사람들은 내내 불안증에

시달린다.

—《월든》(강승영 옮김, 은행나무)

이 많은 묵은 물건들은 내 욕심이구나.

어느 순간부터 물건에 집착하고 이를 모으게 되면서 물건에 집을 내주고 정작 나 자신은 그 물건 더미의 틈바구니에서 생활하고 있었다. 내 욕심 속에서 허우적거리며 숨 막히다, 숨차다 하면서 또 다른 욕심을 채우고 채우고 그렇게 살았구나.

한 해에 한 번이라도 묵은 욕심을 털어버리는 나만의 의식을 치러야겠다. 서랍 안의 남은 물건들을 나눠 쇼핑백에 담는다. 후배에게 전화를 한다. 혹시 스카프 필요하지 않으냐, 혹시 화장품 필요하지 않으냐고. 묵히는 것보다는 나누는 게 낫다. 묵혀두면 결국 쓰레기밖에 될 게 없으니. 쓰레기 만들려고 살지는 말자.

〈한국인의 밥상〉 레시피 | 고로쇠물 오징어 조림

1 오징어를 씻은 후 먹기 좋게 썬다.
2 다진 마늘, 간장, 고추장, 매실청을 넣은 양념에 버무린다.
3 고로쇠물을 넣고 조린다.

3부

그리움을
녹여 먹다

누구
나 예쁘다고 해줄
사람 없소

곡성 모녀의 토란죽

관심이라는 게 과하면 버겁지만 부족하면 별 쓸데없는 감정들을 다 불러 모은다.

"○○이는 어디에서 만나고 싶어? ○○이가 만나고 싶은 데서 만나자."

'왜? 왜 매번 ○○이가 원하는 데서 만나? 내 생각은? 나는?'

이런 말이 목구멍 너머로 넘실대는 걸 애써 삼킨다. 나이 먹고 그런 말 하면 보기 좋지 않을 테니까, 유치하고 옹졸하다고 할 테니까. 하지만 이런 일이 반복되다 보면 어느새 심술궂은 마음들이 커지고, 저들이 나를 싫어하나 하는 이상한 자격지심이 스멀스멀 올라오기 시작한다.

어디서 만나는 게 뭐 그리 중요한가 하는 게 평소의 생각이더라도, '싫어하나'병을 앓게 되면 모든 게 다른 시각으로 비틀려 보인다.

친구들이나 직장 동료들과 단체로 이야기하다가도 누군가 내 이야기를 경청하지 않고 딴짓을 하거나, 나 아닌 다른 사람만 쳐다보면서 이야기하거나, 내 주장 대신 다른 사람의 의견에 맞장구를 친다거나 하는, 평소에는 그냥 아무렇지 않게 넘겼을 많은 일들이 눈에 들어오고 가슴에 비수인 양 꽂힌다. 그리고 끈질기게 꼬리에 꼬리를 물고 이런 생각이 드는 것이다.

'저 사람들이 날 싫어하나?'

'싫어하나'병의 심각성은 계속 누군가 나를 미워하고, 싫어하고, 관심 없어 한다는 등의 생각을 하다가 급기야는 내 존재 가치에 대해 의심하게 된다는 데 있다. '나는 왜 태어났나' '살아 뭐 하나' 하는 식으로 말이다.

이런 존재적 의심이 이어지면 결국에는 집 밖에도 나가기 싫고 사람도 만나기 싫고 심지어 머리도 감기 싫은 무기력증에 빠진다. 이 지경에 빠지기 전에 서둘러 수렁에서 빠져나와야 한다.

냄비에 물과 토란가루, 들깨가루를 뭉텅 쏟아 넣고

토란죽을 끓인다.

보글보글….

보글거리는 흰 거품 위로 "우리 딸 예쁘다" "예쁘다"를 반복하셨던 아흔 줄의 어느 할머니 생각이 떠오른다.

우리나라 토란 최대 산지인 곡성에서 토란 농사를 짓는 한 부부를 만났다. 토란은 추석 무렵부터 11월까지 수확을 한다. 토란을 거둬들이며 아내는 연신 친정엄마 생각이 난다고 했다. 이맘때면 열 일 제치고 딸네 집으로 와 해 넘어가는 줄도 모르고 토란을 캐고 다듬어주셨던 친정어머니. 딸은 팔 남매 중 다섯째였다. 줄줄이 아들 넷을 낳고 다섯 번째로 낳은 딸이라 사랑도 많이 받고 자랐다고 했다.

도시에서 살다가 쉰 넘어 고향에서 토란 농사를 짓겠다고 하는 딸을 어머니는 많이 안쓰러워하셨다. 생전 안 해본 농사일을 어떻게 하겠냐며 어머니는 자신의 일처럼 나서서 토란 심는 법이며 관리하고 수확하는 모든 걸 가르치고 함께해주셨다. 그러다 몇 년 전 어머니는 치매에 걸렸다.

해마다 토란을 심고 거둘 때면 늘 곁에서 도란도란 캐고 다듬고 하던 어머니는 더 이상 옆에 없다. 수확 철

이 됐는데도 말이다.

“어릴 때 몸이 약해서 엄마가 토란죽을 자주 끓여주셨어요. 토란죽이 약이라고 하셨죠. 가끔 엄마 생각이 나서 끓여보면 엄마 방식대로 끓이는데도 그 맛이 안 나요. 엄마 토란죽 먹고 싶은데…”

껍질을 까서 물에 떫은맛을 우려낸 후 곱게 갈아 찹쌀가루, 들깨가루를 넣고 눋지 않게 잘 저어가며 끓여야 하는 손 많이 가는 토란죽을 그 바쁜 농사철에도 어떻게 다 끓여주셨나 모르겠다고 딸은 말했다.

치매 전문 요양원에 계신 어머니를 만나러 가던 날, 보자기에 토란죽을 싸면서 딸은 어머니 치매가 점점 심해져 자신을 기억하지 못할지도 모른다고 걱정했다.

“안녕하세요.”

요양원 정원에 나와 있던 어머니에게 딸이 조심스럽게 인사를 건넸다.

“내 딸 왔구나, 내 새끼야~”

어머니는 딸을 본 순간 얼굴이 환해져서는 딸의 손을 잡았다.

“오늘은 알아보시네~”

“내 강아지 무슨 일이냐?”

“엄마 보러 왔죠.”

"자식들은 잘 크냐?"

"네, 잘 커요."

딸은 오늘은 어머니 정신이 맑다며 기뻐했다. 딸과 이야기를 나누는 어머니는 한순간도 딸에게서 눈을 떼지 않았다. 그리고 쉰 넘은 딸의 얼굴을 가만가만 쓰다듬으며 읊조리듯 말씀하셨다.

"우리 딸 참 예쁘다." "정말 예쁘다." "예뻐." 귀한 보석이라도 만지듯 조심조심 가만가만 쓰다듬던 아흔 다 된 늙은 어머니의 손. 딸은 울 것 같은 눈으로 어머니를 보며 말했다.

"엄마, 요새 딸 토란 캐요."

"토란 캐?"

"와서 토란 다듬어줘야 하는데 왜 안 와요?"

"응~ 토란 다듬어줘야지~ 그러니까, 이제 토란 작업하는 날을 알아야지~"

"올 거야?"

"응 가야지~"

"꼭 올 거지?"

"응 가야지~"

"꼭 와야 해."

"응~ 꼭 가지~"

"응~ 꼭~"

"응~"

"…."

"…."

그날 치매 어머니와 딸은 토란 수확하는 일을 두고 한참이나 지키지 못할 약속을 하고 또 했다. 못 올 걸 알면서 왜 안 오냐고 하고, 못 가는 줄 알면서 꼭 가겠다고 하면서….

얼마 전 뉴스에서 빨간 승합차 손잡이에 돈과 음식 봉투를 남겨두고 가는 의문의 인물에 관한 보도를 봤다. 승합차 주인은 하도 이상한 일이라 누가 그러는지 알아봐달라고 경찰에 수사 의뢰를 했는데, 경찰에서 확인한 CCTV에 한 할머니가 찍혀 있었다. 빨간 승합차 손잡이에 꼬깃꼬깃 접은 오만 원권을 꽂아두거나, 음식이 든 봉투를 걸어두고 한참을 서성이다 왔던 길로 조용히 돌아가는 할머니 한 분.

알고 보니 86세의 할머니는 그 동네에서 혼자 사시는데 치매를 앓고 계셨다고 한다. 아들의 차와 같은 색인 빨간 승합차를 보고 아들이 왔다고 생각해서 두 달여 동안 수차례 현금이나 간식을 차 손잡이에 남겨놓고 갔다고. 그 할머니에게도 빨간 승합차의 아들은 눈 감아도 잊히지 않을 만큼 예쁘고, 예쁘고 아무리 봐도 예쁜 사람이었을 것이다.

누군가에게 평생 잊히지 않는 아름다운 사람이 된다는 건 어떤 의미일까? 생각해보니 내게도 그런 사람들이 있다.

"멀리서 걸어오는 걸 보고 절세 미녀라고 생각했는데, 너였어~"라고 아주 가끔씩 닭살스러운 멘트를 날려주는 친구, 그리고 무뚝뚝하지만 진국인 엄마.

우리 엄마도 토란국을 아주 맛있게 잘 끓이신다. 비록 나를 보며 "예쁘다"라고 말해준 적은 없지만, "반찬 있냐? 없으면 엄마가 가서 해줄까?"라는 말 속에 그 비슷한 마음이 담겨 있겠지 싶다.

보글보글 잘 끓은 토란죽의 불을 끄면서 '싫어하나'에서 '왜 사나'로 이어지는 우울 회로의 전원도 함께 끈다. '나도 누군가에게 그렇게 아름다운 사람일지 모르는데, 당연히 살 가치가 충분하지~'라며 스스로 다독인다.

하루하루 촘촘히 살다 보면 그 틈새로 나처럼 '싫어하나'병이 비집고 들어올 때가 있을지 모른다. 그럴 때면 나를 좋아해줄 것 같은 누군가에게 억지로라도 물어보는 것도 좋겠다.

"나 예쁘지?"

무슨 쌩뚱맞은 소리냐고 핀잔을 들을망정, 스스로 부끄러워 다음 날 이불킥을 할망정 들어야 한다. 텅 빈 가슴이 채워질 따뜻한 말 한마디를. 그래도 부족하다면 토란이나 토란가루를 사다가 쌀가루, 들깨가루 넣고 뜨끈하게 토란죽 한 그릇을 끓여 먹어보기를 추천한다.

'싫어하나'병에는 따뜻한 말이든, 죽이든 채우는 게 약이니까.

〈한국인의 밥상〉 레시피 | 토란죽

1. 토란 껍질을 깐 다음, 물에 넣어 쌉쌀한 맛을 우려낸다.
2. 토란을 냄비에 넣고 끓인다. 토란이 물러지면 국자로 으깬다.
3. 찹쌀, 쌀가루, 들깨가루 등을 으깬 토란과 함께 넣어 저어가며 끓이고 소금으로 간을 한다.

개차반 내 성격도 누가 고쳐주려나

시래기 오징어 내장 된장국

상자 가득 담긴 컵라면들 사이에서 하나를 꺼내 든다. 그 아이 생각이 난다.

'함께 먹자고 할 때 같이 먹었다면 좋았을 걸….'

뚜껑을 덮고 컵라면이 익기를 기다린다. 또 그 아이 생각을 한다.

'특별히 맛있다고, 독특하다고, 한번 사 먹어보라고 했는데…. 왜 그렇게 못 했을까? 뭐 어려운 일이라고….'

"먹어봤어?" 만날 때마다 기대에 차 묻는 그 아이에게 호쾌하게 "응, 아주 맛있었어. 맛있는 ○○ 컵라면을 알게 해줘서 고마워~"라고 할 수도 있었을 텐데….

물어줄 사람도 없는 지금에 와서야 ○○ 라면을 사

서 먹고 있는 이 청개구리 심보는 뭐란 말인가…. 쌓여 있는 라면 더미를 보니 또 한번 한숨이 나온다.

'난 왜 이렇게 삐딱하게 생겨먹었을까?'

냉장고에 줄줄이 붙어 있는 다짐의 문구들을 본다.

'아침 7시 30분 기상, 아침 스트레칭, 걷기 한 시간, 하루 세 장 이상 글쓰기….'

여섯 달 전 다짐하며 써 붙여두었던 나의 결심. 한 이틀쯤 지켰나? 그리고는 육 개월째 계속 죄책감만 하루하루 쌓아가고 있다.

'해야지, 해야지…. 왜 안 했어…. 이 바보 멍충이! 게으름뱅이!'

마음속 결심이건, 다른 사람의 제안이건 뭘 좀 하자고 계획을 잡아놓으면 내 안의 청개구리는 일단 하지 않으려고 기를 쓴다. 내 안의 반쪽은 해야 한다고, 막상 하면 재밌을 거라고 설득을 하지만 뭐든 하지 않겠다고 작정한 못된 청개구리는 너무 힘이 세다. 천하무적인 데다 완전히 통제 불능이다.

계획을 잡고 굳은 마음으로 뭔가 해보자고 단단히 결심을 하면 꿈쩍도 안 하다가, '어차피 정해도 안 하는 거 다 때려치우자~' 자포자기하고 나면 이상하게도 그다음 날 아침에는 알람도 없이 7시 30분에 눈이 떠지고 스멀스멀 뭔가를 쓰고 싶어져 미치는 것이다. 이게 또 오래 가지는 못한다는 게 더 큰 맹점이다.

나이가 들고 사회생활을 하면서는 이 못된 청개구리 덕에 더 자주 난관에 부닥치곤 했다. 누가 이건 꼭 해야 한다고, 꼭 하라고 강조하면 할수록 더 하기 싫어 기를 쓰는 이런 삐딱한 사람을 누가 좋아하겠는가. 이런 성격이 정말 미치도록 싫어서 여러 번 맘먹고 고쳐보려고 했지만, 그러면 그럴수록 스트레스만 늘었다. 지키지 못한 다짐들 때문에 죄책감이 쌓이면 답답해 미칠 것만 같고, 이런 내가 싫어지고, 세상 사는 게 너무 어려운 것만 같아서 또 너무 힘이 들고. 이런저런 생각을 하다가 마지막에는 '나란 인간의 이 삐딱하고 게으르고 제멋대로인 성격도 누군가 고쳐줄 수 있을까? 서망항 꽃게잡이 아저씨의 도시락 편지가 내게도 있다면…' 하는 기대를 품어본다.

꼬불꼬불 탱탱하게 잘 익은 라면 한 젓가락을 들고, 진도 서망항에서 만난 꽃게잡이 아저씨를 떠올린다. 꽃게잡이 아저씨는 이른바 그 동네 홍반장 같은 분이셨다. 동네에서 서너 걸음 걸을 때마다 마주치는 모든 사람과 인사를 하고 근황을 챙기고, 우리에게도 취재할 수 있는 곳들을 나서서 알아봐주시고 자신이 어린 시절 배 타며

해 먹었던 음식에 대한 이야기를 아낌없이 들려주셨다.

아내와 항구 앞에 자리를 잡고 앉아 그가 말했다.

"내가 중학교도 못 나오고 배를 탔어요. 뱃사람들에게 밥해주는 것부터 시작해서 전국 각지를 떠돌며 뱃일을 배웠지. 돈 벌려고 배를 타겠다고 했더니 밥을 할 수 있느냐고 물어. 배에서 밥해주는 사람을 '화장'이라고 부르거든, 그걸로 처음 뱃일을 시작한 거야. 밥이라도 얻어먹자고 뱃사람들 음식을 해주는데…. 중학생이 뭘 알아요? 아무것도 몰라서 바닷물로 밥을 해가지고 갔더니 소금 밥 해 왔다고 선원들한테 얻어터지고 욕도 얼마나 먹었다고. 그렇게 배워서 지금은 내가 못하는 음식이 없어요."

"어떤 음식들을 하셨는데요?"

"오징어 잘게 썰어서 죽도 하고, 채소 썰어 넣고 불고기 같은 것도 많이 하고. 그래도 난 쌀밥을 젤 좋아했어. 배 타야 쌀밥 먹을 수 있었으니까…. 그때는 라면을 끓여도 일부러 불어터지게 5분을 더 끓여. 양 늘리려고. 그리고 그릇에 담기 직전에 갓 잡은 오징어를 싹 넣지~ 그럼 오징어가 살짝 데쳐져서 라면이랑 먹으면 얼마나 사근사근하고 먹기 좋은가 몰라요."

그때 나는 '바다 유목민'이라는 주제로 고기 떼를 쫓

아 이 항구에서 저 항구로, 이 섬에서 저 섬으로 옮겨 다니며 배에서 먹고 자면서 고기를 잡는 사람들을 취재하고 있었다. 아저씨는 오징어 철에는 오징어를, 꽃게 철에는 꽃게를 잡으며 중선이라 불리는 어선 위에서 두세 달씩 고기잡이를 하다 돌아오는, 이른바 남바리 어선을 오래도록 타 오신 분이었다.

과거에는 강원도 묵호항 논골담길에 그런 어업을 하는 일명 '오징어 남바리 어선' 어부들이 많이 살았다고 했다. 아저씨도 젊을 때 묵호항에 살며 남바리 어선을 타고 고기잡이를 했었다고(참고로 논골은 오징어를 담은 함지박에서 흘러넘친 물로 길이 늘 질퍽거려 '논골'이라는 이름이 붙었다고 한다. 그리고 속칭 남바리 어선은 이곳저곳 뒹굴어 다닌다고 '뒹굴배'라고 불리기도 했다).

"한창 배 탈 때는 내가 술도 많이 먹고 성격도 대단했어요. 우리 아내 덕에 지금은 사람 됐지. 아내가 월명기에 싸다 주던 도시락을 잊지를 못해."

그가 아내의 눈을 바라보며 말했다.

"월명기요?"

"보름달 뜰 때를 말하는데, 달이 밝으니까 조업을 안 하고 배에서 쉬는 거예요. 가족도 보고. 그때 아내가 나 있는 배로 이것저것 많이 싸 주고 그랬어요. 도시락에 편지를 써서 넣어가지고.”

“편지요?”

“남편이 남바리 어선을 탈 때는 함께 지내는 날보다 기다리는 날이 더 많았어요. 남편이 떠나면 남편 생각하면서 반찬도 준비하고 편지도 쓰고 그랬죠. 처음엔 남편이 배 타러 가면 선착장에서 배가 사라질 때까지 쳐다보면서 울었어요. 한번은 배가 사흘 만에 고장이 나서 들어왔더라고요. 동네 사람들이 배 나갈 때 보고 울거나 하면 안 된다고 했는데, 내가 울어서 배가 고장 났나 싶어서 그때부턴 안 울려고 애썼죠. 지금도 오징어를 보면 그때 생각이 나요.”

남편이 아내의 손을 잡으며 말을 이었다.

“뱃일 나갈 때 아내가 밑반찬 같은 것을 도시락에 늘 싸줬는데, 조업이 끝나고 아내가 준 도시락을 딱 열면 반찬 밑에 비닐이 있어요. 그 비닐 안에 편지가 들어 있는 거죠.”

“뭐라고 쓰여 있었어요?”

“건강에 관해 조심하라는 이야기가 제일 많았고, 폭주 조심하라고, 사랑하는 사람이 있으니까 당신은 혼자가 아니니까 폭주하지 말라고.”

“폭주요?”

"옛날에 내가 성격이 대단했다고 그랬잖아요, 술 먹고 난장판 치고 때려 부수기도 하고. 자제가 잘 안 되더라고요. 그런데 아내 편지를 한 10년 읽으니까 신기하게도 그런 성격이 많이 없어졌어요. 아내 편지에 예쁜 이야기들이 정말 많았거든요. '당신은 혼자가 아니다, 고맙고 사랑한다, 당신을 믿는다….' 가끔은 책에서 본 문구들도 적어주고…."

"당신 눈물 나? 땀이야, 눈물이야?"

그의 아내가 물기 어린 그의 눈을 보며 장난처럼 물었다.

그는 말을 돌리듯 옆에 있던 오징어를 자르며 우리에게 물었다.

"오징어 내장 먹어봤어요? 배에서 술 먹고 나면 꼭 이걸 먹어요. 술 많이 먹어서 속 아프면 먹통의 먹을 먹고, 내장을 산 채로 딱 잘라서 소금 찍어 먹으면 숙취에 좋아요. 얼마나 고소한지 몰라요."

능숙하게 오징어 배를 갈라 내장을 꺼내 보여주며 먹어보라고 하셨던 아저씨. 입에 넣으니 쌉쌀한 내장 맛이 비릿했다. 내가 인상을 쓰자 아저씨가 말했다.

"요즘 사람들은 그런 걸 왜 먹느냐고 하지만 예전 배에서는 내장을 엮어 말려서 된장국 끓일 때 넣어 먹곤 했어요. 이걸 넣어 된장국을 끓여놓으면 기름기가 좔좔 흐르는 게 얼마나 맛있었나 몰라요. 속도 든든하고."

"오징어 내장 된장국이네요~"

"그렇지, 오징어 잡는 사람 아니면 아무나 못 끓여 먹어요. 싱싱한 내장을 써야 하니까요."

언제 눈물이 맺혔었냐는 듯 밝게 웃으며 이야기하는 아저씨를 보며 나는 그의 눈물을 이해할 수 있을 것 같았다. 애써도 쉽게 다스려지지 않는 마음속 못된 청개구리의 폭주를 참고 기다려준 사람에 대한 미안함과, 오랜 시간 믿어주면서 보내온 편지에 대한 고마움이 그 눈물 속에 다 담겨 있지 않았을까….

"지금은 내가 대학도 다니려고 해요. 어릴 때 못 배워서 그런지 나이 먹으니까 공부가 하고 싶어요."

동네 홍반장이자, 바다 유목민이자, 현명한 아내를 둔 음식 솜씨 좋은 꽃게잡이 아저씨는 아마도 지금쯤 대학생이 되셨을지도 모르겠다. 아저씨가 받은 그 도시락 편지는 지금 내게 아주 절실하다. 그 속에 담긴 사랑과 신뢰가 내 삐딱한 청개구리도 다스릴 수 있을지 모르니.

오징어 먹통을 넣어 밥을 하고, 오징어 다리를 넣어 순대를 만들던 서망항 오징어잡이 아저씨의 맛깔난 음식들을 떠올리며 오늘 저녁 반찬은 오징어로 해야겠다.

편지는 일단 내 스스로 써보는 것으로 하고~! 도시락에 넣으면 더 효과가 있으려나?

너에게 쓰는 첫 편지.
늘 삐딱한 내 안의 청개구리야~ 사랑한다. 믿는다….
제발 말 좀 들어라, 쫌!

〈한국인의 밥상〉 레시피 | 시래기 오징어 내장 된장국

1 시래기를 깨끗한 물에 헹구고 손질한다.
2 오징어를 손질하면서 내장만 따로 모아둔다.
3 육수를 담은 냄비에 시래기, 된장, 양파, 고추, 다진 마늘, 오징어 내장을 넣고 끓인다.

명절이면
엄마는

고성의 우럭조개탕

이른바 캥거루족으로, 경제적인 것 빼고는 정신적, 물리적(청소, 빨래, 밥 등)으로 부모님께 모두 의탁한 채 집이라는 안전한 주머니 속에서 아무 생각 없이 살던 나는 늦은 나이에 독립이란 걸 했다. 서른다섯도 넘은 딸에게 엄마는 걱정만큼이나 한가득 가루들을 안겨주셨다. 미숫가루, 들깨가루, 콩가루, 녹두가루, 아마씨가루, 비타민나무가루…. 어머니는 말씀하셨다.

"밥해 먹기 힘들면 우유나 두유에 타 먹어. 굶지 말고 꼭 타 먹어라."

엄마는 속으로 '저게 밥은 해 먹고 살 수 있으려나….' 생각하셨을 거다.

지금도 저질 체력인 나는, 힘이 넘쳐 밖에 나가 놀기 좋아하는 다른 딸들과 달리 어릴 때부터 방구석 귀신이었다. 아버지는 그런 나를 보며 "저리 비실거려서 사람 구실 할 수 있겠냐"는 말을 자주 하셨다. 그런 내가 방송 작가가 돼서 새벽부터 다음 날 새벽까지 밤낮 없이 일하고 취재원들을 만나는 모습을 보며 어머니는 신기해하셨고, 단지 내가 일을 열심히 한다는 이유만으로 많은 집안일을 대신 해주셨다. 그때는 몰랐다. 집안일이란 게 이렇게 끝없이 계속된다는 사실을. 하고 또 하고 또 해도, 또 할 일이 있는 게 집안일이라는 사실을.

한 시사 프로그램에서 쓰레기와 동거하는 젊은이들에 대한 방송을 한 적이 있다. 쓰레기 집에 살지만, 외양은 멀쩡한 그들이 말했다. 한순간에 그냥 손을 놔버리니까 주체할 수 없을 만큼 쓰레기가 쌓였다고, 그리고 더는 어쩔 수도 없게 이렇게 돼버렸다고…. 방송에서는 청소하는 법을 배우지 못한 젊은이들이라고 했지만, 나는 그냥 잠깐 정신줄 놓으면 얼마든지 그렇게 될 수 있다는 걸 안다. 일주일만 손을 놔도 빨래는 빨래대로, 음식물은 음식물대로, 쓰레기는 쓰레기대로 주체할 수 없이 쌓여버리는 경험을 종종 하니까.

그런데, 엄마는 어떻게 그 많은 일을 한 번도 정신줄

놓치지 않고 평생 해왔을까? 자식 넷을 키우고, 세끼 꼬박꼬박 차려달라는 삼식이 아버지 밥 차리고…. 그러면서 단 한 번도 가족을 쓰레기와 동거시키신 적이 없으니, 그 모든 건 실로 대단한 엄마의 능력이다.

〈한국인의 밥상〉을 시작하고 여러 어머님들과 만나면서 나는 지금도 완전히는 알지 못하는 어머니들의 세계에 살짝 한 발 들여놓은 기분이었다. 딸만 줄줄이 다섯을 낳고서 시어머니와 남편에게 어떤 모진 이야기를 듣고 얼마나 울었는지 이야기를 들었을 때, 딸 셋을 낳은 뒤에도 마지막까지 아들을 포기할 수 없었던 내 엄마의 마음을 조금은 알 것 같았고…. 아무리 그러시지 말라고 해도 촬영하는 날이면 손에 곱게 매니큐어를 바르고 동네 미용실에서 똑같은 스타일로 뽀글 머리를 새로 하고 나타나시는 할머니들을 보면서 쉰 넘어 마스카라가 발라보고 싶다고 하셨던 내 엄마의 마음을 이해했다. 추석 명절을 한 달이나 앞두고 귀촌한 시골집에서 명절을 어떻게 보내야 하냐고 미리부터 걱정하는 엄마의 전화를 받고, 경남 고성에서 만났던 어머니들을 떠올렸다.

봄에 캐는 조개들을 주제로 음식과 거기 담긴 사연을 취재할 때였다. 크고 맛이 좋아 '명품조개'라고도 하고, 코끼리를 닮아 '코끼리조개'라고도 부르는 우럭조개로 음식을 만들어주시겠다고 한 고성의 어머니들을 만나러 갔다. 사실 어머니들을 뵙자고 한 것은 2월이었는데, 설 준비 때문에 일절 시간을 낼 수 없다고 거절하셔서 3월이 돼서야 만난 것이다. 나는 서운함을 조금 담아 물었다.

"어머니, 한 달 전부터 무슨 설 준비가 그렇게 많으셨어요? 저희 만날 시간도 없이~"

어머니들은 뭘 너무 모른다는 듯 나를 보며 말씀하셨다.

"자식들은 몰라, 맨날 와서 먹고만 가니까~ 엄마들이 뭘 하는지 알아? 모르지. 자식들 온다고 하면 엄마들은 찬장의 밥그릇 하나하나까지 다 꺼내서 닦아. 찬장 닦고, 냉장고 닦고 온 집안을 쓸고 닦는다고. 혹시라도 자식들이 더럽게 하고 산다고 할까 봐~"

다른 어머니가 말을 이었다.

"나도 며칠을 치웠나 몰라. 집이 원체 오래돼서 치워도 태가 나야지~ 그뿐인 줄 알아? 자식들 온다고 몇 날 며칠을 바다 나가서 굴 캐고, 조개 캐고 그랬어. 우리 아들은 우럭조개탕을 얼마나 좋아하는지 올 때마다 큰 냄비로 하나씩 가져가거든, 그거 해주려면 미리 캐놔야 해. 굴도 먹게 캐서 까놓고. 할 일이 얼마나 많은 줄 알아?

명절 준비하려면 한 달도 모자라.”

“힘들지 않으셨어요? 그냥 자식들보고 캐서 가져가라고 하시지.”

“힘들긴 뭐가 힘들어~ 자식들 줄 건데…. 우린 자식들 주는 재미로 사는데.”

나처럼 어리숙한 자식은 부모님 속을 반도 알지 못한다. 시골의 낡은 집으로 귀촌한 엄마가 왜 한 달 전부터 명절 걱정을 하시는지, 때마다 텃밭에 고구마가, 무가, 파가 많으니 와서 가져갔으면 좋겠다고 하시는지, 고성의 어머니들을 만나지 않았었다면, 〈한국인의 밥상〉의 그 많은 어머니를 만나지 않았더라면 반도 헤아리지 못했을 것이다. 부모님이 시골의 낡고 작은 집으로 귀촌을 하고 처음 맞은 명절, 식구들이 모여 있는 동안 내내 엄마는 안절부절못하셨다. 가족들이 방을 비운 틈틈이 바닥을 닦고, 방에 늘어놓은 짐을 치우고, 부엌 싱크대며 냉장고를 정리하셨다.

“아까 닦았는데 뭘 또 닦아?”

“집이 오래돼서 치워도 치운 티가 안 나. 여기저기 다 닦은 건데…. 더러워 보이지?”

나는 고성에서 만난 우럭조개 할머니들의 이야기를 해주며 엄마에게 물었다.

"엄마도 그런 마음이야?"

"엄마들은 다 그렇지."

대답하며 엄마는 또 걸레질을 하셨다.

"근데 그 우럭조개 맛있어? TV에서 봤는데…."

"응 크고 쫄깃하고 달아. 담에 올 때 사 올게."

서울로 갈 시간, 엄마가 싸 주신 반찬이며 냉동해둔 데친 우거지며, 장아찌, 방금 뽑은 파 등을 바리바리 싸서 차에 실으며 나는 생각했다.

'우는 아이 안아주는 건 자기 엄마밖에 없다더니…. 평생을 주고 또 주고도 또 주는 게 엄마구나. (불끈) 뭐 이런 손해 보는 장사가 다 있어? 하늘도 너무하시네~ 세상 엄마들에게 너무 혹독하신 거 아니에요? 엄마~ 담엔 우럭조개 꼭 같이 먹자~'

〈한국인의 밥상〉 레시피 | 우럭조개탕

1. 우럭조개를 손질한다(껍데기와 살을 분리한 다음 살 뒤에 붙어 있는 얇은 껍질을 제거해야 손질이 끝난다).
2. 냄비에 된장을 풀고 양파와 표고버섯, 애호박, 청고추, 홍고추, 그리고 먹기 좋게 썰어 손질한 우럭조개를 함께 넣는다.
3. 자글자글 끓인다(밥에 비벼 먹을 때는 장을 많이 넣어 진하게 끓여도 좋다).

슈퍼문이 뜨는 밤에는

거문도 정월 대보름의 복쌈

베란다 창 너머 빼곡한 건물들 위로 커다란 보름달이 둥실 떴다. 말 그대로 둥실~ 올해 가장 큰 보름달이라는 슈퍼문이다. 4월의 보름달을 핑크문이라고 부른다. 핑크색 달이라서가 아니라, 꽃잔디가 필 즈음 뜨는 달이라는 의미란다.

달과 지구가 가장 가까운, 그래서 평소보다 10퍼센트 이상이나 커 보이는 보름달이 뜨는 날. 이런 날이 되면 나는 베란다로 나가 하염없이 보름달을 올려다본다. 옥토끼를 찾는 건 아니다. 이 나이에 우스울지 모르겠지만, 두 손 모으고 소원을 빈다.

"복 받게 해주세요~ 부디 그 복이 사람들과 더불어

오기를….”

냉장고에서 김을 꺼낸다. 엄마가 두고 먹으라며 얼려놓고 가신 나물도 꺼내 냉장실에 넣는다. 내일은 나물 넣고 복쌈을 한번 싸봐야겠다. 섬사람들이 함께 나누어 온 복쌈처럼 말이다.

여수와 제주 사이에 있는 전라도 최남단 거문도로 해풍쑥을 취재하러 갔었다. 해풍을 맞은 건 뭐든 더 달게 느껴진다. 쑥이든, 배추든, 시금치든. 육지에서는 겨울바람의 위세가 상당하던 늦겨울과 초봄 사이였지만, 남쪽 섬 거문도에는 봄기운이 완연했다. 해풍쑥의 초록 향연 때문에 더 그랬는지도 모르겠다.

거문도는 동도, 서도, 고도 세 개의 섬으로 이루어져 있는데 서도는 사슴의 암컷, 동도는 수컷, 고도는 새끼 사슴, 이렇게 사슴 세 마리가 있는 모양이라고 한다. 창공에서 보면 그렇다는데 발을 땅에 붙이고 사는 나는 그저 가장 큰 섬인 서도에는 동백나무가 많고, 두 번째로 큰 섬 동도에는 영국과 일본의 군사시설이 아직도 남아 있고, 고도는 가장 작은 섬으로 면 소재지와 우리 숙소가 있고…. 이런 식으로 세 섬을 기억한다.

섬은 내가 갔던 어떤 섬보다도 잔잔한 바다를 끼고

있었다. 편안하고 안락해 보였다. 그 덕에 예로부터 누구나 탐을 내던 곳이었다고 한다. 지리적 전략적 요충지로, 과거 영국 함대에 의해 불법적으로 점거당했던 아픈 역사도 품고 있다고. 하지만 나는 거문도를 떠올리면 아픈 역사보다는 마음밭 넓고 넉넉한 사람들이 많아 편안하고 안락했던 느낌부터 든다.

섬에 갔던 첫날, 마을에서는 도통 사람을 찾을 수가 없었다. 집들은 다 텅텅 비어 있었다.

'다들 일하러 나갔나?'

사전에 취재하기로 이야기가 된 분도 전화를 받지 않으셨다. 누구든 이야기할 사람을 찾아 나선 길에 우연히 밭에서 일하는 할머니 한 분을 만났다. 별 기대 없이 물었다.

"○○○ 씨 아세요?"

"응, 알지~"

"혹시 지금 어디 계시는지 아세요?"

"응, 저쪽 마을 뒷산 보이지? 거기 한 15분쯤 올라가다 보면 왼쪽에 밭이 있고 돌아서 가면 오른쪽에 밭이 있거든? 그 위쪽으로 가면 밭이 하나 더 있어. ○○○ 지금 거기 있어."

"어머~ 오늘 만나셨어요?"

"아니~"

"그럼 어떻게 아세요?"

"그냥 알아. 그 할머니 뒷간 가는 시간도 아는데…."

정말 그랬다. 섬에서는 전화로 사람을 찾을 필요가 없었다. 어디든 만나는 사람에게 누구네 집 누구 씨를 찾는다고 하면, 지금 그 사람 어디에서 뭘 한다고, 99퍼센트 정확한 답변을 해주셨다.

아무리 시골에서는 어느 집 숟가락이 몇 개인지까지 다 안다고들 하지만, 그 사람이 이 시간에 어디서 뭘 하는지까지 안다는 건 정말이지 대단하지 않은가….

하도 신기해서 취재하기로 한 가족들에게 물었더니, 거문도는 예전부터 정월 대보름 놀이라든지, 배 띄우는 진수식이든, 봄 꽃놀이 화전놀이를 나가든 다 함께 나눠 먹고 같이 노는 문화가 많아서 더 친하고 잘 안다고 했다. 심지어 과거엔 군대 가기 전에는 동네를 한 바퀴 돌면서 사람들에게 술을 한 잔씩 얻어먹는 풍습도 있었다고.

"정월 초하루면 밤굿이라고 약밥이다, 오곡밥이다 해놓고 밤새도록 꽹과리, 장구 치고 놀아요. 정월 대보름에는 돌김 긁어 와서 나물이랑 쑥 넣고 주먹밥을 만들어 나눠 먹고요. 이때 사람들이랑 나눠 먹는 밥은 약이 된다고들 했죠. 한 해가 무탈하다고.”

그즈음이면 동네 애들은 집집마다 밥 얻어먹으러 다니는 게 큰 놀이이자 신나는 일이었다고.

“우리 어릴 때 이웃집에 밥을 얻어먹으러 가면, 어른들이 벽장에서 미리 만들어놓은 김 주먹밥을 내주곤 하셨어요. 얼마나 맛있는지~ 요즘 편의점에서 팔아도 불티나게 팔릴걸요.”

과거 거문도에는 논이 적어 쌀이 귀했다. 당연히 쑥죽이며 나물죽처럼 양을 늘릴 수 있는 음식들과 쌀 대신 밀가루나 옥수수가루를 넣어 만든 옥수수 쑥 버무리, 쑥해죽(팥죽에 쑥과 밀가루를 버무려 만든 새알심을 넣은 음식) 같은 음식들이 발달할 수밖에 없었을 거다.

서른 갓 넘어 남편 잃고 다섯 남매 키우며 참 어렵게 살아왔다는 한 할머니는 이런 말씀을 하셨다.

“애들 밥도 못 먹이고 살던 시절에는 미역 줄기를 밥처럼 먹였어. 사람들이 와서 애들한테 밥 먹었냐고 물으면, 딸이 그랬지. 미끄러운 죽을 먹었다고….”

특별한 날 아니면 쌀밥 먹기 힘든 시절이었으니, 섬에서 쌀밥을 나눠 먹는다는 건 세상에서 가장 귀한 걸 함께 나눠 먹는다는 의미나 다름없지 않았을까….

거문도 외에도 여러 지역에서 정월 대보름 날 주먹

밥을 나누는 풍습에 대해 수차례 들었다. 김에 싸기도 하고, 토란잎에 싸기도 하고, 오곡밥을 뭉치기도 하고 나물을 넣기도 하고 지역마다 재료는 조금씩 달라도 그렇게 만든 주먹밥을 나눠 먹는 풍습만은 비슷했다. 그리고 여러 지역에서 이렇게 나누는 정월 대보름 밥을 '복쌈'이라 불렀다. 거문도에서 정월 초하루부터 대보름까지 꽹과리, 장구 치며 주먹밥을 나눠 먹으면 한 해가 무탈할 거라는 말이 전해지는 것은 어쩌면 돌아보지 못한 이웃들을 돌아보며 마음을 나누면 나쁜 일은 없을 거라는 의미가 아니었을까 싶다.

살다 보니, 상처의 대부분은 사람에게서 온다. 반대로, 좋은 일 역시 대개는 사람과 함께 온다. 로또 맞는 것처럼 벼락 횡재가 아닌 담에야 말이다. 그런 사람을 우리는 대개 귀인이라고 부른다.

내게도 귀인이 몇 명 있다. 놀고 있는 나를 보며 재능이 아깝다고 얼른 달리라고 재촉해주는 귀인, 내가 어떤 일을 저지르건 충분히 그럴 만했다고 말해주지만 '그때 이랬으면 어땠을까?'를 깨닫게 해주는 귀인, 크리스마스처럼 혼자여서 외로울 것 같은 날에는 미리 알고 가족 만찬에 초대해주는 귀인…. 그 밖에도 여러 좋은 소식을 함께하자고 이야기해주는 다정한 귀인들이 있다.

친구로 와서 귀인이 되거나, 귀인으로 와서 친구가 되거나. 내가 그들의 귀인이었는지는 알 수 없지만 서로가 마음이든 음식이든 물건이든 귀하다고 생각하는 것들을 함께 나눠온 것만은 분명하다. 그리고 그들 덕에 내 나름 인생의 파고를 잘 넘어가고 있다.

어떤 사람들이 얼마나 주변에 있느냐에 따라 내 행복의 척도는 달라지는 것 같다. 모난 성격 탓에 요즘 흔히들 하는 인맥 쌓기라는 게 잘 안 되는 나 같은 인간도 그런 이유로 슈퍼문 뜬 달밤, 휘영청 밝은 달을 바라보며 귀인이 오기를 빈다.

'내 무심함이 타인에게 상처가 되어 다시 나에게 돌아오지 않기를, 나누고 함께하는 마음으로 오는 귀인을 기쁘게 맞이할 수 있기를.'

〈한국인의 밥상〉 레시피 | 복쌈(돌김 나물 주먹밥)

1 쌀밥을 짓는다.
2 무쳐놓은 나물(도라지, 콩나물 등)과 쑥을 넣고 밥을 주먹밥처럼 동그랗게 뭉친다.
3 돌김을 구운 다음, 부숴서 뭉친 밥을 그 위에 굴리면 복쌈 완성!

격하게
외로운 날엔

격렬비열도 홍합밥

스스로 고립된 지 일주일째, 집 밖으로 단 한 걸음도 내딛지 않았다. 우유를 사러 슈퍼에 가지조차 않았다. 코로나19로 전국이 꽁꽁 얼어붙었고, 나는 스스로를 자가 격리하기로 했다.

확진자와 접촉이라도 했냐고? 아니~ 그럼 건강에 문제가 있냐고? 아니~

건강하고 지병도 없는데 왜 이렇게까지 하나 내 스스로도 생각해봤다. 처음에는 그냥 그 핑계로 안 나가는 게 좋았다. 약속도 취소하고 나오란 사람들에게도 자연스럽게 다음에 보자고 하고…. 나는 원래 집순이라 그 핑계로 안 나가도 되는 게 일단 좋았다.

안수리움, 돈나무, 꽃기린, 산세베리아, 스투키, 해피트리…. 베란다에 화분을 주르륵 내놓고 오랜만에 분갈이도 하고, 녀석들이 밀어 올리는 새순이 조금씩 자라는 것도 보고, 느긋하게 커피를 내려 마시며 책도 보고 영화도 머리 아플 때까지 보고…. 세상 이렇게 좋을 수가 없었다. 그런데 그건 딱 사흘까지였다. 나흘째 되는 날부터 좀이 쑤시기 시작했다.

'아니, 사지 멀쩡해서 집에서 맨날 식충이처럼 뭐하냐 너? 그래, 나가보자!' 하는 생각이 들어서 옷을 갈아입으며 잠깐 라디오 뉴스를 틀었다. 확진자가 기하급수적으로 늘고 있단다. 모 종교 교인들 중 동선 확인 안 된 사람들이 다수이니, 가능한 한 외출을 자제해달란다.

'아, 지금까지도 방 콕 했는데 이런 상황에 굳이 나가야 하나? 난 나름 정부 당국의 말을 잘 듣는 모범 시민 아닌가…. 그래, 그냥 있자!'

그렇게 나는 또 집 밖으로 한 발짝 내놓으려 했던 발을 다시 집 안으로 들여놓았다. 그러고는 사흘 동안 했던 것과 똑같이 커피를 내리고 영화를 보려고 테이블 앞에 앉았다.

그런데 이상하다. 사흘 동안 그렇게도 재밌던 영화가 더는 머릿속에 들어갈 자리가 없다고 아우성이라도 치듯 자꾸 튀어나온다. 내용도 눈에 안 들어오고 딴짓도 하고 싶고, 엉덩이는 들썩들썩 발은 자꾸 냉장고로 갔다가 안방으로 갔다가…. 방 콕 나흘째가 되니 음식이 무지 당긴다. 뭐 먹을 게 없나, 뭐 배달시킬 게 없나, 뭐가 맛있을까, 이거랑 저거랑 합치면 맛있을까? 무슨 먹을 것 생각이 이렇게 많이 나나 모르겠다.

'아! '확~ 찐 자'가 되려고 이러나…. 이런 게 비록 고립감인가?'

서해의 외딴 섬 격렬비열도에서 만난 등대지기들 생각이 났다. 신입 등대지기가 간혹 겪는다던 이른바 '고립으로 인한 공황장애'라는 게 이런 건가?

가의도에서 배로 두 시간 반, 짙은 안개와 격렬하게 꿈틀대는 바다를 뚫고 나야 만날 수 있는 곳, 우리나라 최서단 섬 중 하나가 격렬비열도다. 중국 산둥반도와 불과 270킬로미터 떨어진 화산섬으로, 새가 열을 지어 나는 모양을 닮았다고 해서 격렬비열도라는 이름이 붙었다.

과거에는 가의도 사람들이 거기까지 미역이나 김을 따러 다니기도 했다지만, 지금은 동백과 유채꽃만 피고 지는 원시 섬이나 다름없는 곳이다. 격렬비열도 북쪽에만 유일하게 등대를 지키는 항로표지 관리원들, 일명 등대지기들이 등대를 지키며 15일씩 순환 근무를 한다.

그때 나는 나이 많은 경력자 한 분과 2년차 신입 등대지기 두 분을 만났었는데, 그분들은 처음 등대에 와서 가장 견디기 힘든 게 답답함과 고립감이라고 했다. 바다 사정이 안 좋거나 등대 시설에 문제가 생기거나 하면 한 달 가까이도 섬에 고립된다고. 신입 직원 중에는 갑자기 공황장애가 와서 아무것도 못 먹고 다 토해내고 탈수가 와서 의식불명이 된 경우도 있다고 했다.

"겨울엔 날씨가 안 좋으면 한 달 넘게도 있어요. 담배도 떨어지고 술도 떨어지고 식재료도 바닥나고 정말 힘들죠. 아내가 나보고 당신은 섬에만 들어가면 날아다니는 것 같다고 늘 놀리는데, 그런 나도 이렇게 길어질 때는 정말 힘들어요."

아무도 없는 섬에서 지나가는 어선들만 바라보며 등대를 점검하는 매일 똑같은 일상이 그제처럼 어제처럼, 내일도 모레도 계속 그럴 거란 막연함이 그런 감정을 만들어내는 것은 아닐까….

교대하기까지 정해진 기간인 15일이 훨씬 지나 한 달 넘게 등대에 있게 되면 쌀과 간장 말고는 아무것도 남지 않을 때도 있다고 했다. 그래도 다행인 것은 섬에 달래도 많고 홍합도 많아, 한번은 달래를 캐서 달래간장을 만들고 파도가 약한 절벽에서 홍합을 따서 홍합밥을 짓고 홍합국까지 끓여 밥을 해 먹었단다. 그 맛이 기가 막혔다고 등대지기들은 말했다.

"격렬비열도는 홍합이 되게 달아요. 12월부터 4월 초까지가 정말 달죠. 1, 2월에 특히 맛이 좋아요."

정말 그곳의 홍합은 씨알이 굵고 단맛이 다른 곳과 비할 바가 아니다. 오동통통 갓 채취한 홍합은 말라비틀어진 도시의 해물탕 속 홍합과는 모양도, 선명한 붉은 빛깔도, 맛도 천양지차다.

고립된 환경에서 음식은 그야말로 소확행이다. 가끔 친한 낚싯배 선장이 섬을 지나가다 싱싱한 생선을 가져다주기도 하는데 직접 잡은 것보다 그렇게 가져다주는 생선이 더 달고 맛있단다.

"섬에서는 어떤 음식이 제일 맛있어요?"

"남이 해주는 밥이죠."

"네…?"

"아무리 달고 맛있는 생선회도 매일 내가 잡아서 내가 회 떠서 내가 먹으려면 비리고 맛이 없어요. 남이 해줘야 맛있지. 하하~"

맞다~! 일주일째 고립돼보니 그때 등대지기들이 했던 그 말의 의미를 아주 절절히 이해하겠다. 어딘가 고립

되면 식욕을 채우는 게 큰 즐거움이고, 그 와중에 그리워지는 건 남이 해주는 밥이다. 특히 그 남이 해주는 밥을 남의 취향으로 꾸며놓은 분위기에서 남의 취향과 함께 맛보는 것. 그런 게 그리워지는 것이다.

냉장고 파먹기는 이제 그만해야겠다. 오늘은 마트에서 달래와 홍합을 시켜 홍합밥에 달래장을 만들어 먹어야지. 만들기도 쉽고 양도 많은 홍합 느르미는 어떨까? 쌀죽에 홍합을 넣어서 만들면 되는데~ 아…. 달겠다. 비록 그 섬의 오동통한 홍합은 아닐지라도.

고립은 식탐을 부르고 식탐은 살을 부르고 살은 게으름을 부른다. 이 녀석이 더 지독한 뭔가를 부르기 전에… 제발 사라져라~ 코로나19! 이제 남이 해준 밥 좀 먹어보자!

〈한국인의 밥상〉 레시피 | 홍합밥과 달래간장

1. 손질한 홍합을 들기름에 볶는다.
2. 30분 정도 불린 쌀에 밥물을 맞춘 후, 홍합을 올리고 밥을 한다(홍합에 수분이 많아 밥물은 적게 하는 게 좋고, 다시마를 한 조각 같이 넣어주면 윤기가 나고 더 맛이 좋다).
3. 다 된 홍합밥을 골고루 섞은 뒤 달래장을 넣고 비벼 먹는다.

미운 놈이
갑자기
떠난다고 할 때

곰장어전골

지글지글…. 불판 위에서 곰장어가 몸을 뒤챈다.

붉은빛이 선연한 곰장어가 점점 갈색 검댕을 묻혀갈 즈음, 입안에 하나를 넣는다. "그래 이 맛이지!"라고 해야겠지만…. 아니다! 이 맛이 아니다!

부산 자갈치시장 아지매가 구워줬던 곰장어는 이 맛이 아니었다. 그래, 아지매가 그랬다. 서울에서 곰장어 먹지 말라고. 싱싱해 보이려고 선지를 뿌리는 거라고. 설마 다 그렇지야 않겠지만, 그리고 지금 내 눈앞의 이 곰장어도 설마 그렇진 않을 거라고 믿지만 그래도 좌판에서 바로 못에 걸고 껍질을 벗겨내 구워주던 그 곰장어의 맛은 이것이 아니었다. 양파와 곰장어 그리고 천일염을

갠 참기름장 하나면 정말 기막힌 맛이 연출됐는데…. 하긴 그 맛이 안 날 만도 하다. 곰장어 껍질 벗기다가 손에 칼자국이 조폭보다 더 많아졌다던 입담 좋은 자갈치시장 아지매가 해주는, 옛날 다라이 노점상 하던 시절 단속반을 피해 도망 다니던 아찔한 시절의 이야기도 없으니 제맛이 날 리가 없다.

"악질적으로 다라이 깨고 훼방 놓는 걸 즐기던 사람들이 있었어. 그 사람들 지금도 가끔 보면 오금이 저려. 지금은 다 늙어빠져서 힘도 없어 보이는데도 그렇게 무섭더라고~"

걸쭉한 아지매의 입담에 시장 사람들이 다 함께 한바탕 웃었더랬다. 그때. 그리고 시장 상인 누군가 끓여 온 곰장어전골.

곰장어를 볶다가 육수를 붓고 끓여낸 초간단 레시피지만 맛은 제대로였던 곰장어전골을 시장 사람들이 한데 나눠 먹으며 번개처럼 그릇을 비워냈다. 마지막엔 김가루를 뿌려 밥까지 볶아 너도나도 냄비에 수저를 들이밀고 돌아가며 먹었더랬다.

누구는 30년 장사를 했고, 또 누구는 40년을 장사했고…. 다라이 노점 장사 하던 시절부터 번듯한 건물 안에 상가를 열 때까지 입에 담지 못할 험한 경험까지 함께 공유한 상인들에게 “내 밥에 왜 수저를 얹어?” 따위는 없는 문장이다. 말하지 않아도 어느 집에서 음식 냄새가 나면 한데 모이고, 부르지 않아도 당연히 와서 수저를 얹고, 말을 섞고 한바탕 시원한 웃음을 돌리며 유쾌한 식사를 끝내고 누가 먼저랄 것도 없이 자연스럽게 자신의 일로 돌아가는 것이다.

같은 경험을 공유하며 함께 나이 들어가는 친구 같은 동료들이 있는 일터, 이제 이런 곳은 거의 없다. 나도 그렇지만 일터의 사람들도 다 서로 감정적으로 엮이는 것을 두려워한다. 직장에서의 ‘정’은 ‘말하지 않아도 아는’ 게 아니라, 말하면 공포스러운 어떤 게 된 듯하다. 한데 뭉쳐 회식을 다니고 술 먹고 소리 지르며 화도 내고 싸우며 일터에서 쌓인 것들을 풀어내던 시절은 이제 흘러간 옛 노래가 됐다. 웬만하면 같이 밥 먹는 것조차 하지 않으려 한다. 감정을 풀어내고 마음을 털어놓는 건 더 더욱.

‘내 마음 털어놨다가 그 말이 혹여 내 족쇄가 되면 어떡하지?’

‘웃는 저 얼굴이 진짜 얼굴인가? 가면 아냐?’

‘정…. 들어봐야 나중에 뒤통수나 치지….’

직장에서의 관계에는 온갖 불안과 두려움이 도사리

고 있다. 그리고 굳이 그 위험들을 감수할 이유가 없는 것이다.

"제 밥은 제가 알아서 먹습니다."

"식사하셨어요?"라는 내 예의성 물음에 이렇게 답한 동료가 있었다. 새로운 팀에 와서 얼마 안 됐을 때였다. 아무리 혼밥이 대세인 시대이고, 자기 밥 자기가 챙겨 먹는 게 당연하니까 그렇게 말한 것일 뿐이라고, 개인주의 시대에 그런 말 좀 들은 게 뭐 대수냐며 당황스러운 마음을 추슬러보려고 했지만, 당시 내게는 그 단호한 말 한마디가 몹시 충격적이었다. 팀원들끼리 그래도 '밥은 먹었냐' 정도는 챙기는 게 예의고 오가는 정이고 뭐 그런 거라고 생각했는데…. 그러면 안 되는 건가? 싶은 생각이 들었다.

새 팀에 적응하면서 그런 생각은 더 강해졌다. 직종에 따른 분위기인지, 아니면 이 팀원들 개개인의 성격 때문인지, 다들 그냥 서로 데면데면 얽히지 않는 게 살길이라고 생각하는 것 같았다. 누가 새로 팀에 오거나 팀을 떠나더라도 팀 전체가 모여서 회식을 하는 법은 거의 없었다.

"잘 가요~ 고생했어요~"로 끝이거나 몇 명만 소소하게 모여 밥을 먹는 정도였다.

"제 밥은 제가 알아서 먹습니다"라고 한 그 동료가 다른 팀으로 갔을 때도 팀 회식은 없었다. 좋은 기억은 크게 없었던 동료지만, 미운 정이 들었는지 막상 간다고 하니 서운했다. 거하게 회식이라도 하고 누군가를 떠나보내야 할 것만 같은데, 그냥 "고생했다~ 안녕~"이라니. 이런 이별 방식은 쉽게 적응이 되지 않는다. 떠나는 동료는 회식 따위 하지 않아 더 좋았을지 모르겠지만 말이다.

곰장어 한 판을 앞에 두고 친구들과 숟가락, 젓가락 얽어가며 왁자하게 수다를 떨다 보니, 입담 좋은 자갈치 시장 아지매 생각도 나고, 상인들이 한데 모여 먹던 곰장어전골 생각도 난다. 그리고 이제는 사라져버린, 인간관계로 절절이 얽힌 다소 구질구질하고 불편하기도 했던 옛날 직장 문화가 조금은 그리워진다.

사람이 누군가를 만나게 되는 건 억겁이 쌓인 인연이라는데, 직장 동료가 된다는 것도 특별하다면 특별한 인연 아닌가? 그 억겁의 인연을 쿨하게 '안녕~'만으로 보내는 것, 그게 진짜 쿨한 건가? 사람에 대한 성의가 없는 건 아닌가?

'제 밥은 제가 알아서 먹는' 당신이라도 몇 번쯤은 남의 밥도 챙겨보고, 우리 밥도 챙겨보고 하면 좋지 않을까? 언젠가 그 동료를 우연히 만난다면, 옛 동료들과 곰장어에 소주라도 한잔 하시겠냐고 물어야겠다. 미운 정도 정이고 사람과 사람 사이에는 아무래도 '정'이라는 게 있어야 그게 사는 게 아닌가 싶으니까 말이다. 아무리 쿨한 게 대세인 시대라도 이별마저 쿨한 건~ 뭔가 좀 찜찜하다.

〈한국인의 밥상〉 레시피 | 곰장어전골

1 양파를 썰어서 부추, 깻잎과 함께 볶는다.
2 손질된 곰장어를 넣고 볶는다.
3 고추장, 매실 발효액, 조림간장, 후추를 섞어 만든 양념장을 넣고 자작하게 끓인다(양념장에 고춧가루, 마늘, 땡초를 첨가해도 좋다. 양념이 살짝 매워야 곰장어의 느끼한 맛을 없앨 수 있다).
4 전골을 다 먹고 나선 마지막에 김가루를 뿌리고 밥을 볶아 먹는다.

* 양념장을 만들기 귀찮다면, 파는 양념장을 넣어도 된다(곰장어가 싱싱한데 양념이 뭐 그리 중요하겠는가…).

감정도둑 너를 보내며

가양주 한 사발에 호박전

몇 년 전 취재차 소설 《혼불》의 주요 무대가 됐던 임실의 한 마을을 찾은 적이 있었다. 아직 이런 곳이 있었나 싶게 예스러운 고가들이 즐비한 그야말로 한국의 미가 가득한 곳이었다. 왕손이 낙향해 세운 곳이라 왕족은 물론이고 이름 있는 가문들이 모여 집성촌을 이루었다는 유서 깊은 양반촌.

당시 나는 7월 백중(음력 7월 15일) 머슴날 음식과 풍습에 대해 취재를 하고 있었다. 취재 요청을 하고 그곳에 도착하자마자 안내받은 노인정에는 기품 있게 한복을 차려입은 스무 명가량의 할머님들이 곱게 앉아 계셨다. 시원해 보이는 모시 적삼 흰 저고리에 치마를 갖춰 입은 할머니들은 지금 생각해도 참 고왔다.

할머니들은 모두 한집안이라고 하셨는데, 그런 그분들에게는 자연스럽게 지켜지는 위계질서라는 게 존재하는 듯 보였다. 예를 들어 이런 식이다. 가장 큰 어른인 큰댁 할머니께서 말을 시작하면 아무리 하고 싶은 말이 있어도 나서지 않고 다들 조용히 경청한다. 그리고 설혹 우리가 어떤 질문을 다른 할머니께 던지더라도 공손한 손짓으로 큰댁 할머님께 답변을 양보하는 식이다. '일부러 드러내지 않아도 오랜 세월 몸에 배는 질서라는 게 이런 건가?' 생각했다. 그곳에서 백중 머슴날에 대한 재미난 이야기를 많이 들었다.

백중 머슴날이면 집집마다 머슴들에게 줄 가양주를 빚고 박잎전, 고추전, 호박전 등 온갖 채소로 전을 부치느라 마을에 온통 기름내가 진동했다고 한다. 부리던 머슴들에게는 음식과 함께 무명옷을 만들어주었는데, 그렇게 해야 일 잘하는 머슴들이 떠나지 않고 더 일을 열심히 한다고 하셨다. 풍악을 울리고 머슴들이 동네를 돌며 밥을 얻으러 다니는 그날에는 밥을 납작하게 담아주느냐, 수북하게 고봉밥을 담아주느냐에 따라 좋은 주인 나쁜 주인이 갈리기도 했다.

백중날이면 동네 잔치처럼 흥겹고 재미났다고, 오랜

만에 옛 추억을 더듬어가며 이야기해주시는 할머니들 표정에는 함박웃음과 생기 있는 에너지가 넘쳐 보였다. 한참 재미나게 이야기를 듣다가 좀 동떨어져 앉아 계신 한 할머니에게 눈길이 갔다.

다른 할머니들이 큰소리로 웃고 그땐 그랬다며 서로 맞장구를 칠 때도 말 한마디 없이 고개를 숙인 채 조용히 알 듯 말 듯한 미소만 짓는 할머니. 할머니는 호칭도 다른 할머니들과는 달랐다.

할머니들은 거의 친척 관계여서 형님, 아우님으로 서로를 부르셨는데, 이 할머니만 특이하게 '○○댁'으로 불렀다. 이상해서 한 할머니께 여쭤봤더니 "응, 저이는 예전에 우리 큰댁 머슴으로 있던 ○○이의 아내야. 그래서 ○○댁이라고 부르는 거야"라고 하셨다.

오랫동안 남편과 함께 큰댁에서 머슴살이를 했다는 ○○댁 할머니, 그는 강산이 열 번은 변했을 시간이 흘러 개명 천지가 된 지금도 여전히 형님 동생이 아니라 ○○댁으로 불리고 있었다. 물과 섞일 수 없는 기름처럼 그날 인터뷰 시간 내내 ○○댁 할머니는 구석에서 말없이 앉아 계셨다. 그의 움츠러든 어깨와 눈에 띄지 않게 구석에 조용히 앉은 모양새에서 나는 인도에서 만났던 한 청년을 떠올렸다.

십여 년 전 인도에 갔을 때, 시외버스 안에서 잔돈이 없어 어쩔 줄 몰라 하던 나와 내 친구 대신 차비를 내줬던 대학생 청년이 있었다. 수도 델리의 한 대학에서 IT를 전공한다던 그에게 나는 고마우니까 델리에 도착하면 밥을 사겠다고 제안했다. 며칠 뒤 우리는 델리의 한 대형 쇼핑몰 앞에서 다시 만났다. 나는 청년에게 꽤 고급스러운 레스토랑이 모여 있는 그곳에서 밥을 사주고 싶었는데, 쇼핑몰의 대형 회전문을 들어서려는 순간 청년이 갑자기 안 들어가겠다고 고집을 피웠다. 처음엔 미안해서 그러는 줄 알고 괜찮다고, 우리 돈 많다고 장난처럼 이야기했는데, 하얗게 질려서는 손사래를 치며 몰에 들어갈 수 없다고 뒷걸음질 치는 모습이 뭔가 심상치가 않았다.

"왜? 왜 안 들어간다는 건데? 뭐? 못 들어가? 왜 못 들어가?"

"나는 저기서 밥을 먹을 수 없어. 난 저기 들어갈 수 있는 계급이 아니야. 너희는 몰에 들어가서 밥 먹고 와, 나는 근처에서 따로 먹을게. 먹고 나서 다시 만나."

"WHAT?! 웬 계급?"

잠시 난 당황했다. 인도에 카스트 제도가 있다는 걸 교과서에서나 봤지, 21세기에 웬 계급이란 말인가…. 당황스러워하며 재차 그 친구를 설득했다. 괜찮다고, 너도 대학생이지 않냐고, 그런 거 신경 안 써도 된다고. 네 얼굴에 네 계급이 쓰여 있는 것도 아닌데 아무도 모르지 않느냐고…. 어디 감시하는 빅브라더라도 있는 거냐고…. 온갖 주장을 펴며 설득하려 했지만 30분 넘는 실랑이 끝에도 청년의 선택은 달라지지 않았다. 갈 수 있는 곳과, 절대 가서는 안 되는 곳. 청년의 머릿속에는, 보이지 않는 선에 의해 들어갈 수 있는 곳과 가서는 안 되는 곳이 이미 정해져 있는 듯했다.

그는 끝내 고집을 꺾지 않았고, 우리는 결국 몰 대신 청년이 들어갈 수 있다는 근처 로컬 식당에서 인도 향 가득한 말 그대로의 로컬 치킨 마크니 커리를 먹었다.

독특한 향이 맛보다 더 진하게 느껴졌던 로컬 커리의 참맛을 알게 해준 그날의 기억은 내게 여러 의미로 남았다. 현대적인 몰에서 먹던 달고 좀 느끼했던 커리는 진짜 커리의 맛이 아니었구나… 하는 깨달음과 함께 청년에 대한 감사, 그리고 사람과 사람 사이에 알 수 없는 벽을 쌓고 층위를 구분하게 하는 뭔가에 대한 의문으로 말이다. 그리고 비행기로 인도와 열 시간 넘게 떨어진 대한민국 임실의 작은 마을에서 나는 그날 느꼈던 그 의문을 다시 느꼈다.

답사를 끝내고 돌아오는 차 안에서 나는 생각했다.

'이건 할 수 없다'며 나 자신을 옭아매는 마음, 스스로의 한계를 규정하는 마음은 어디에서 비롯된 것일까? 사회가 만들어놓은 틀 안에서 수긍하며 사는 게 옳은가? 내게 부당하다면 사회의 틀이건 마음의 틀이건 스스로 부숴버리는 게 맞지 않을까… 하고 말이다.

생각해보면 익숙해진다는 것만큼 무서운 게 없다. 나를 규정하고 가둔 체계 안에 익숙해져 편안함을 느끼다 보면, 어느 순간 떠나야 할 때임을 알면서도 두려워서 혹은 떠나도 이보다 나을 게 없을 것 같아서 생각만 잔뜩 하다 그냥 머물러버리게 된다.

사람과 사람 사이에도 익숙해지다 보면 모르는 사이 계급 비슷한 무엇이 형성되는 때가 있다. 불시에 만나자고 해도 거절할 수 없고, 상대가 나의 시간을 도둑질하고 감정을 소모하고 마음을 휘저어놓는다는 사실을 알아도, '너의 그 태도 때문에 내가 지금 좀 불편하다'고, '우리 관계를 좀 바꿨으면 한다'고 말할 용기를 잃어버리는 순간이 바로 그때다. 그때 그 관계를 벗어나지 못하고 그대로 익숙해져버리면 그 순간부터 족쇄는 채워지는 것이다. 익숙함이라는 감정에 몸을 맡기고 노예 아닌 노예가 되어 나의 시간과 감정을 모조리 도둑맞게 되는 것이다.

'까톡', 누군가 당신을 보자고 한다. 지금의 나에게처럼. 오늘은 어렵겠다고 하면 상대는 꼬치꼬치 캐묻기 시작한다. '뭐 하느라 바쁘냐, 그 일을 오늘 꼭 해야 하느냐, 잠깐 만나고 하면 안 되는 것이냐, 나 지금 힘들다, 내가 이렇게 힘든데 너는 오늘 꼭 그 일을 해야겠느냐….'

그리고 당신이 은근한 거부 의사를 밝혀도 계속해서 고집할 것이다. 당장 자기가 있는 곳으로 오라고. 이럴 때는 치킨 마크니 커리의 강한 향을 떠올리자. 한번 중독되면 다시는 빠져나올 수 없는 강렬한 족쇄가 지금 당신의 발목에 채워질 참이니. 그리고 돌리지 말고 직접 말을 하자. 명확한 거절의 뜻을 충분히 담아서~! 이제 힘든 이야기 그만 듣고 싶다고. 나도 따라서 힘들어진다고. 나는 지금 너를 만나고 싶지 않다고! 그러면 상대는 서운함을 토로하며 점점 멀어지다가 결국 떠날지도 모른다. 어떻게 그럴 수가 있느냐고, 진정한 친구가 아니라고. 그러면 미련 없이 접어야 한다. 그는 진정한 친구가 아닌 게 확실하니까.

내 시간을, 감정을 도둑질해 가는 사람이 어떻게 친구가 될 수 있겠는가? 이런 친구를 사귀느라 버리는 시간에 가양주 키트를 사서 가양주를 빚어보든가, 그게 귀찮다면 막걸리 한 병 사다가 호박전 노릇노릇 구워서 마시는 게 배도 부르고, 감성도 충만해지니 이중의 기쁨을 주는 일 아니겠는가. 지금의 나처럼 말이다.

<한국인의 밥상> 레시피 | 호박전

1 애호박을 반달 모양과 보름달 모양으로 썬다.
2 밀가루와 물을 적당량 섞어 묽게 반죽물을 만든다.
3 썰어놓은 애호박에 먼저 밀가루를 묻힌 다음 반죽물을 묻혀 기름을 두른 솥뚜껑에 노릇하게 부쳐낸다(솥뚜껑이 없으니, 나는 프라이팬에~).

4부

그래 이 맛,
다 자기 멋에 산다

욱할 땐

양구 펀치볼 흑돼지 구이 곰취쌈

연일 날은 뜨겁고 바람은 습하다. 서둘러 준비한다고 했는데 약속 시간에 한참 늦었다.

'아…. 이 더위에 약속은 왜 해가지고.'

만나자고 한 사람이 원망스럽다. 서둘러 지하철로 향하는 길, 빠르게 걷는 사람들 중 유독 내 앞을 알짱거리며 앞서가는 사람이 눈에 거슬린다. 인간과 인간 사이에 존중해야 할 사회적 적정 거리 1.2미터마저 확보되지 않은 그 사람과 나의 공간.

'불편하다.'

자기가 이 길의 주인이라는 듯 활개 치며 앞뒤로 힘차게 가로젓는 팔, 자꾸 내 앞을 가로막는 듯한 걸음걸이.

'얄밉다.'

일부러 저러나 싶은 느낌적인 느낌에 더 짜증이 솟구친다. 그를 앞지르려 옆으로 추월을 시도한다. 그가 다시 내 앞으로 가로막는다.

'실패다! 윽, 왜 또~!'(욱)

그 순간 욕이 나오려고 한다. 이번에는 다시 온 힘을 다해 최대 속도로 날듯이 달려 쌩~ 그를 앞질러 간다.

'하, 이겼다.'

만족스러운 한숨이 터져 나온다. 슬쩍 뒤를 본다. 무관심하게 똑같은 보폭으로 열심히 걷고 있는 그 사람의 모습이 보인다.

'뭐냐~ 나 또 혼자 전쟁 치렀구나!'

멈춰 서서 크게 한숨을 쉰다. 그가 같은 보폭으로 나를 앞질러 제 갈 길을 간다. 아까처럼 화가 나지 않는다.

큰 숨 한 번을 더 쉬고 돌아보니, 좀 전엔 전쟁터 같았던 세상이 지금은 그냥 평범한 거리다. 적의와 분노를 가득 품고 전투적으로 걷는 것 같았던 사람들도 그냥 제 생각에 빠져 제 갈 길 가는 평범한 이들로 보인다. 아까 내가 보았던 그 거리와 지금 내가 보고 있는 이 거리는 분명 다르다. 내 마음의 장난질이 두 개의 다른 거리를 만든 것이다. 그곳도 그랬다. 강원도 양구 펀치볼.

금강산에서 이어지는 봉우리들과 네 개의 산으로 둘러싸인 해발 1,100~1,200미터의 펀치볼은 드론 카메라를 띄우거나 높은 곳에 올라가 보면, 커다란 분화구나 물 빠진 거대한 호수처럼 보인다. 가을에는 단풍 든 나무와 능선이 만들어내는 풍광이 더욱 아름다워 한국전쟁 때 UN 종군기자들은 알록달록 물든 가을 산에 둘러싸인 그곳의 풍경을 보고 둥근 볼에 과일과 술을 섞어 담아놓은 모습과 꼭 닮았다 해서 펀치볼Punchbowl이라 이름을 붙였다.

한국전쟁 때는 도솔산, 대우산, 가칠봉, 펀치볼까지 파도처럼 이어지는 능선을 따라 치열한 전투가 벌어졌고 전쟁 이후 한참 동안 펀치볼은 민간인 통제구역이어서 아무나 갈 수 없었다.

지금도 산길을 따라 줄줄이 달리는 군용 트럭이며 군 초소를 어렵지 않게 볼 수 있다. 중간중간 신분증 검사를 하고, 마을로 향하는 산길에 길게 이어진 철조망은 그곳이 휴전선 인근 지역임을 알려주며, 언제라도 다시금 전쟁의 긴장감에 휘말릴 수 있을 것만 같은 위기감을 느끼게 한다. 그럼에도, 어쩌면 참 아이러니하게도 직접 눈으로 본 2017년 펀치볼의 자연은 더없이 아름답고 평화로웠다. 도시의 치열함과 삭막함 따위는 발붙일 수 없을, 그냥 있는 그대로 낙원 같은 느낌이랄까….

인근 마을에서 만난 여러 어르신들은 어느 곳에서도 들을 수 없었던 전설 같은 이야기들을 해주셨다. 할머니들은 연지 곤지에 고운 한복을 입고 군용 트럭을 타고 시집왔을 때의 이야기를, 할아버지들은 등화관제 시간을 어겼다고 공터에 끌려가 하루 종일 드럼통을 굴렸다던 이야기를 추억담처럼 들려주셨다.

당시 나는 군대에서 군인들이 봄이면 곰취를 채취하는 작전팀을 만들어 '곰취 대작전'을 벌인다는 소문을 듣고 진짜 그런 걸 한다면 군인들의 곰취 요리를 있는 그대로 취재하고 먹어볼 수 있겠다는 기대를 품고 그곳에 갔다. 그런데, 세월이 너무 흘렀을까? 군 문화도, 식당도 예전 같지 않아 그런 전설 같은 일은 사라진 지 오래라고 했다. 그 대신, 전쟁 전에는 아침에 도시락을 싸서 금강산 가서 점심을 먹고 저녁에 집에 돌아왔다는 믿을 수 없는 이야기가 전해지는 마을에서 평생 나물 캐며 살아온 사람들의 곰취 향 짙게 밴 치열한 삶을 맛봤다.

내게 얼굴만 한 자연산 곰취 잎을 내밀던 토박이 나물꾼 할머니는 스물한 살에 다리가 불편한 남편에게 시집을 왔다고 했다. 남편은 아홉 살 때 동생과 함께 탱크를 구경하러 툇마루에 나갔다가 탱크가 집으로 밀고 들어오는 바람에 동생은 죽고 본인은 불구가 된 사람이었다. 남편은 다리는 불편했어도 더없이 다정한 사람이었다고 했다. 산속 구석구석 어떤 나물이 언제 어디에 군락을 이루고 자라는지도 잘 알아 할머니는 남편과 함께 산에 살다시피 하면서 나물에 대해 배우셨단다.

이곳의 나물 채취 방식은 다른 곳과는 좀 달랐다. 새벽에 올라가 저녁에 내려오는 게 아니라, 나물 철 내내 산에 상주하며 나물을 캐는 식이다.

할머니는 산의 큰 돌을 모아 방구들을 만들고, 그 위에 낙엽과 비닐을 쌓고 장판을 깔아 바닥을, 그리고 나뭇가지와 천으로 지붕을 만들어 덮어 임시 거처를 지어 살며 나물 철을 보냈다고 하셨다. 지금도 그렇게 만들어둔 간이 집터가 산중에 여러 곳 남아 있다고. 할머니네뿐 아니라 당시엔 마을 사람들 대부분이 그렇게 생활했는데, 그렇게 산중에서 지내는 사람들끼리는 서로 위치를 파악하는 신호도 있었다고 했다. 나무를 툭툭 치며 "나 여기 있소~" 하면 상대가 대답으로 역시 나무를 툭툭 치며 "나는 여기 있소~" 하거나 오소리처럼 "오오~" 하는 소리를 내기도 했는데, 남편이 죽고 새벽부터 밤까지 홀로 산을 헤매며 나물과 약초를 캐던 시절에는 그런 소리가 큰 위로가 됐다고 한다.

"할아버지 돌아가시고 혼자 다니신 거예요? 같이들 다니시지~"

"그땐 나물이 다 돈이야. 그게 유일한 돈인데 누구랑 나눠? 혼자 찾아다녀야지. 혼자 산을 헤매다 죽을 뻔하기도 했지. 몸뚱이 절반만 한 뱀에 물렸잖아~"

산을 헤매다 큰 뱀에 물려 거의 죽을 뻔하셨다는 할머니. 다행히 친구가 발견해 병원에는 갔는데, 의사가 뱀에 물린 다리를 자르라고 했단다.

"다리를 자르라고 하더라니까? 난 절대 못 자른다고 했지. 그러고는 그냥 병원에서 나와버렸어."

"왜 그러셨어요? 죽을 수도 있는데!"

"그때 다리 잘랐으면 어쩔 뻔했어. 봐~ 살았잖아~"

"그래도…."

"난 산에 못 가면 죽는 거나 마찬가지야. 이렇게 나이 먹었어도 산에 안 가면 답답해. 죽겠어~"

그렇게 산에서 죽을 고생을 했는데도 산에 안 가면 죽을 것만 같다던 할머니. 나는 이야기를 들으면서도 할머니의 삶이 그저 가난하고 고생스럽고 처절했으리라는 편견을 갖고 있었던 것 같다. 하지만 할머니의 마지막 말을 들으며 처음에는 고되었을지라도 언젠가부터 산은 할머니에게 없어서는 안 될 존재가 되었겠다는 생각이 들었다.

나는 자주 내가 만들어놓은 편견의 틀 안에서 세상을 판단하는 실수를 한다. 그리고 그곳 펀치볼에서 내가 안다고 믿었던 세상의 여러 면들을 발견했다.

"그때는 민간인, 군인 다 군복을 입었어. 그래서 나 어릴 때는 옷이 원래 국방색만 있는 줄 알았잖아. 그래서 민간인 군인 구분하려고 민간인 옷에는 '염색'이라고 써 붙이고 다녔어."

"아…. 그랬지 그랬어~"

"그래도 군인들이랑 참 사이좋게 지냈어. 군인들이 한밤중에 된장이며 고추장 같은 거 훔쳐가고 그래도 동생 같고 아들 같아서 그냥 뒀지."

"그럼~ 군인들한테 도움도 많이 받았잖아. 나는 시집올 때 군인 차 타고 왔어. 나만 그랬어? ○○ 엄마도 그랬지~"

"군인 차를 타고 시집을 와요?"

"(웃으며) 응~ 우리 다 그렇게 시집왔어. 연지 곤지 찍고 한복 입고 군인 지프차 뒤에 타고 여기로 시집온 거야."

"아하~ 그래서 군인들이 몰래 된장 고추장 퍼 가도 놔두시고?"

"하하…. 그랬는지도 모르지."

펀치볼의 마을들을 두루 보고 돌아오는 길, 이름 모를 들풀 사이에서 산에 가야 숨이 쉬어진다는 나물꾼 할머니네서 맡았던 진한 곰취 향이 풍겨 오는 것 같았다. 그리고 산길을 줄지어 가는 군용 트럭을 보면서도 더는 전쟁이라든가, 군대라든가, 휴전선이라든가 하는 생각을 떠올리지 않았다. 트럭 뒤에 올라탄 앳된 군인들 얼굴 위로 연지 곤지 찍은 갓 스물 아낙들의 모습이 덧입혀져 혼자 슬쩍 웃었을 뿐.

전쟁의 폐허 위에도 삶은 피어난다. 그리고 그 삶은 어떤 면에서는 더 아름다울 수 있다. 무엇을 보느냐는 결국 마음이 가리키는 방향에 달려 있을 뿐이다.

내가 양구에 처음 도착했을 때는 길게 늘어선 철조망과 군인들이 둘러멘 총과 군용 트럭들에만 눈이 갔다. 그런데 마을 어르신들을 만나고 양구에서 나올 때는 트럭 위 솜털 뽀얀 군인 동생들의 얼굴도 보였고, 그 얼굴 위로 수줍게 앉아 시집가는 아리따운 아낙들의 모습도 보였다. 그제야 눈부신 양구의 자연과 들꽃들이 제대로 눈에 들어왔다.

마음의 방향이 바뀌면 세상의 빛깔도 바뀐다. 내가 사는 이 도시를 잠깐 전쟁터로 착각했던 나는, 내 마음에게 방향을 돌리라고, 여긴 그런 곳이 아니라고 한 번 더 타이른다.

'양구 나물꾼 할머니의 향긋한 곰취쌈과 군용 트럭 타고 온 아낙들의 맛깔난 흑돼지 구이를 기억하자~ 여긴 전쟁터가 아니야.'

〈한국인의 밥상〉 레시피 | 흑돼지 구이 곰취쌈

1 석쇠에 흑돼지 고기를 굽는다.

2 자연산 곰취에 싸 먹으면 고기 잡내가 곰취 향에 사르르 사라져 맛이 배가 된다.

* 곰취는 소금물에 삶아서 먹기도 하고, 생으로 먹기도 한다. 어린잎은 부드럽고 독특한 향미가 있다.

어디론가 떠나고 싶은 날엔

가죽 부각

스페인 마드리드, 톨레도, 세비야, 말라가….

어디부터 시작하면 좋을까? 남부? 동부? 북부? 가보고 싶은 데가 너무 많다. 또 시작됐다, 못 말리는 욕심. 안 하면 그냥 안 하고 마는데 하자고 마음먹으면 또 너무 이것저것 다 하고 싶은 게 나의 큰 병이다.

'워워.'

마음을 식히고 다시 여행 책을 뒤적인다.

어릴 땐 이따금씩 떠나고 싶어 미치겠고 어디든 가지 않으면 엉덩이가 들썩들썩 불안하고 짜증이 솟구치는 방랑벽이 부모님과 함께 살아 갑갑한 탓이라고 생각했다. 하지만 독립을 하고 혼자 살게 된 뒤로도 방랑벽은 없어지지 않았다. 〈한국인의 밥상〉을 했던 4년여 동안만 빼고 말이다. 그때는 왜 어디로 떠나고 싶은 마음이 안 생겼을까? 한 달에 한 번 1박 3일로 새벽부터 한밤중까지 차 타고 돌아다니는 게 힘들어서 그랬을까? 물론 그 이유도 없진 않았겠지만, 지금 생각해보니 다른 이유가 더 컸던 것 같다.

스페인 여행을 준비하며 왜 스페인에 가고 싶은지, 스페인에서 뭘 보고 싶은지, 뭘 하고 싶은지 생각했다. 맛집을 간다, 타파스, 추로스 투어를 한다, 그것도 좋겠지만 썩 끌리진 않는다. 그냥 되는대로 돌아다니다가 그 지역의 먹을거리를 그 지역 사람들 먹는 것처럼 먹고 싶을 뿐이지, 유명한 어딘가를 굳이 찾아가는 건 별로다. 워낙 길치라 찾아가는 데 품이 너무 많이 들기 때문이기도 하지만, 굳이 찾아가서 먹어봐야 나한테는 뭐 그 맛이 그 맛이고 딱히 별다를 게 없이 느껴진다.

이탈리아 베네치아의 미슐랭 별 달린 맛집에서 먹었던 코스 요리보다 파리의 어느 공원 벤치에 앉아 전날 저녁에 마시다 남아 물병에 넣어뒀던 와인과 함께 먹었던 쫄깃하고 고소한 바게트빵이 더 오래 기억에 남는 게 나란 인간이다. 특이한 것을 먹고 싶은 것도 아니고, SNS를 즐겨 하는 것도 아니고, 어디 갔다 왔다고 누구한테 떠벌리는 성격도 아니고, 뭐 특별한 걸 사 오는 것도 아닌데 왜 이렇게 때마다 어딜 가고 싶어 미치겠는 것인가?

10년이 훌쩍 넘은 네팔에서의 기억이 떠오른다. 당시 나는 인도 국경 지역의 소나울리라는 곳에서 버스를 타고 네팔 카트만두로 넘어갈 생각이었다. 현지 여행사에게 사기를 당해 40도 기온에 육박하는 한여름에 어떻게 굴러가는지 알 수 없을 만큼 낡은 시골 버스를 거의 24시간 넘게 탔다. 한국에서 오래된 버스를 수입한 것인지, 버스 곳곳엔 지워진 한글이 문신처럼 남아 있었는데 우리나라에서는 당장 폐차시켰을 외관이었다. 평생 한 번은 다른 나라의 국경을 내 발로 직접 넘어보자고 시작한 버스 여행이었는데, 그렇게까지 고생스러울 줄은 상상도 못했다.

한여름에 탈탈거리는 네팔 동네 버스는 그야말로 지옥이다. 후끈거리는 사람들의 열기에, 알 수 없는 이상한 냄새에, 꽉 찬 사람들의 물리적 압력까지…. 지옥이 있다면 딱 이만큼의 열기와 압력과 불쾌감이 존재하지 않을까 하는 생각마저 든다.

현지 여행사 사람을 사칭한 사기꾼 아저씨가 느물거리며 그 덜덜이 버스를 에어컨 좌석 버스라고 안내했을 때 "이 사기꾼 놈아 어디서 사기를 쳐?"라고 호통을 치며 버스에서 내렸어야 했다. 하지만 그러기에 당시 난 너무 어리고 착하고 순진했다. 우리나라에서는 한 번도 보지 못한 엉덩이만 겨우 걸칠 만큼 작은 의자에 앉자마자, 현지 사람들이 우르르 너도나도 내 무릎 위로 올라앉았다.

바람도 안 통하고 할머니 아줌마 아이 할 것 없이 내 위에 옆에 겹겹이 무슨 벽돌처럼 굳어져 붙은 상태로 열 시간 넘게 비포장도로를 달렸다. 생애 처음으로 '사람이 이렇게 질식해서 죽을 수도 있겠구나' 하는 생각이 들었다. 창밖으로 목을 빼고 숨을 쉬려고 해봐도 숨 턱턱 막히는 열기만 기도를 가득 채웠다. 숨을 쉬는 건지, 그냥 폐가 오르락내리락 반복운동을 하는 건지 알 수가 없을 지경이었다.

그렇게 열 시간쯤 달리다 보니, 사방에 어둠이 깔릴 무렵이 돼서는 정신도 오락가락하고 비몽사몽간에 '이러다 죽으면 죽는 거지, 그것도 팔자다' 하고 자포자기의 심정이 되었다. 그즈음 버스가 갑자기 멈춰 섰다. 산중턱이었다. '결국엔 이 털털이가 고장이 났구나' 싶어서 내렸는데, 분위기가 뭔가 이상했다. 버스가 고장이 났으면 사람들이 걱정하며 주변을 서성이든 어디에든 긴급하게 전화를 하든 할 텐데 다들 너무 자연스럽고 태평했다. 아무렇지 않게 버스 주변에 흩어져 자리를 깔더니 자고 먹고 야밤에 어디 나들이라도 나온 사람들 같았다. 그 버스에 외국인은 나와 내 친구 그리고 이탈리아 여자 한 명(이름은 패트리샤였고 나중에 우리는 친구가 되었다) 이렇게 셋뿐이었는데 이 상황에 놀라고 당황스러워하는 건 우리뿐인 듯했다.

패트리샤가 적극적으로 어떻게 된 상황인지 알아보고 다녔다. 돌아와서는 "버스 운전사가 자느라고 버스가 못 가는 거야"라고 알려줬다. 황당했다.

'말도 안 하고 버스를 세우고 잠을 자러 가는 버스 기사라니…. 그게 아무렇지도 않은 듯 너무나 태연스럽게 자리를 깔고 앉아 웃는 저 승객들은 뭐지? 부처라도 된단 말인가. 화도 안 나나….'

아무리 둘러봐도 이 상황에 씩씩대고 있는 건 우리 셋뿐이었다.

패트리샤가 화가 난 목소리로 외쳤다.

"Hurry up, let's go!"

그 소리를 들었는지, 똘똘해 보이는 네팔 청년 하나가 우리에게 다가왔다. 그리고는 화내지 말라고, 운전기사가 졸린데 가다가 사고라도 나면 어떡하냐고, 졸리니까 자고 간다는 이 상황은 너무나 옳고 합리적인 상황이라고 장광설을 늘어놨다. 이게 맞다고…. 어찌나 당차게 말하는지 나중엔 우리 셋 다 묘하게 설득이 되었다.

내가 청년에게 물었다.

"자고 갈 거면 최소한 미리 말이라도 해줘야 하는 거 아니야…. 몇 시간이나 잘 건지, 언제 출발할 건지."

청년이 말했다.

"운전기사가 피곤이 풀릴 때까지 자는 게 당연하지 않아? 정해진 시간이 끝났다고 일어나서 가다가 또 졸면 어떡해."

'헐….'

"그러지 말고 나랑 버스 위에 올라가서 바람이라도 쐬지 않을래?"

"버스 위에는 뭐 하려고?"

"바람도 시원하고 별도 많아서 정말 좋아."

우리는 나란히 버스 위로 올라갔다. 별달리 할 일이 없기도 했다. 버스 위에서 밤바람을 맞으며 나는 생각했다.

'그래, 이게 저들의 문화라면 따라야지.'

나는 지금도 가끔 그때 버스 위에서 봤던 금세라도 쏟아질 것 같던 별 무리와, 네팔의 상쾌한 산바람과, 그 청년을 생각한다. 사람의 생각이라는 게, 옳고 그름이라는 게 환경에 따라 많이 다를 수 있다는 걸 그 친구를 통해 알았다. 그 뒤로도 다른 문화권을 여행할 때마다 생각한다. 그들이 모두 옳다고 생각하는 일을 이방인인 내가 나만의 잣대로 아니라고 말하는 게 맞나? 하고.

〈한국인의 밥상〉을 하며 여러 지역의 어르신들을 만나면서도 다름에 대해 여러 생각을 했다. 지금도 시골 어르신들의 집에는 역대 대통령 사진이 걸려 있는 경우가 꽤 있다. 그리고 그들 중 몇 분을 굉장한 위인으로 생각하고 열을 올리며 말씀하시는 어르신들도 계시다. 처음에는 당황스러웠다. 왕도 아니고, 왜 저들을 저리 맹목적으로 모시나…. 막연히 싫었는데, 오랫동안 어르신들과 만나고 어린 시절 이야기를 들으면서 조금씩 이해가 가는 부분들이 생겼다.

폭탄 하나 옮기면 배고픈 어린아이들에게 주먹밥 하나를 줘서 학교 갈 나이도 안 된 아이들이 폭탄을 옮겼다는 이야기며, 소나무 껍질을 벗겨 삶아서 떡처럼 만들어 먹었다는 이야기, 온갖 풀들을 다 찧어서 삶아 먹고 죽처럼 불려 먹고 했던 이야기를 듣다 보면 자연스럽게 그런 생각이 드는 것이다. 배불리 먹는 게 소원이었던 세월을 산 사람들에게 평생 소원이던 쌀밥을 맘껏 먹게 해주는 사람이 생긴다면, 그가 어떤 사람인지 알기 전에 그냥 좋은 감정이 들 수도 있겠다…. 무엇보다 먹고사는 게 우선이니까.

경상남도 산골에서는 여자를 투명인간인 양 대하는 할머니들을 만난 적도 있었다. 처음에는 내 질문에 답도 안 하시고, 쳐다도 안 보시고 없는 사람 취급을 하는 할머니들에게 화도 났다.

'아…. 나 지금 안 보이나?'

그런데 잠깐 쉬러 밖에 나온 틈에 내 기분을 눈치챈 남자 PD가 말했다.

"할머니들 중에 그런 분들 계세요. 옛날 분들 중에 유독 남아선호사상이 심한 분들 있잖아요. 너무 기분 나빠하지 말아요."

"아…."

우리 엄마도 딸 셋에 아들 하나를 낳은 터라 남아선호사상에 대해서라면 나도 알 만큼 안다고 생각했는데…. 우리 엄만 아무것도 아니었구나 싶었다. 내가 여자라는 이유로 투명인간 취급이라니, 모욕을 당한 것 같고 같은 여자면서 왜 여자라고 무시하나 싶은 억하심정도 생겼다. 그래서 더더욱 꼬치꼬치 드세게 물었다. 할머니들이 답할 때까지 포기하지 않고.

"요즘 밭에서 뭐 나요? 뭐 만들어 드세요?"

"할머니 음식은 누구에게 배우셨어요?"

"시집살이 엄청 하셨죠?"

내 강렬한 눈빛 때문이었을까? 아니면 끈덕짐 때문이었을까? 그것도 아니면 질문이 좋았던 걸까? 할머니 한 분이 답을 하기 시작했다.

"내가 열아홉에 5대 독자 서방한테 시집을 왔어. 금쪽같은 아들이라고 시어머니 시집살이가 얼마나 심한지…. 고마 칵 약 먹고 디빌라는 걸 친정어무이가 살려놓고 그래도 시댁 귀신 돼야 한다고 시댁에 데빌다줘갖고 다시 산 게 이마이 산 거야."

"아유~ 많이 힘드셨겠어요~"

"아구~ 말해 뭐 하노~ 5대 독자한테 시집가면 안 되는 기야, 고마 남편이 어정뱅이였어. 일도 못 하는 어정뱅이라 술만 먹고…. 농사 지어 보리쌀 찧어놓으면 술집에 다 퍼다 주고 술 받아 먹고…. 그래도 금쪽같은 아들이라고 시어머니는 나만 미워했다꼬. 내가 개떡장, 장떡, 김 부각, 가죽 부각 못 하는 음식이 없다. 시어머니가 하도 음식을 시키가꼬."

"가죽 부각이요? 가죽으로 부각을 해요? 돼지가죽? 소가죽?"

〈한국인의 밥상〉을 시작한 지 얼마 안 됐을 때라 난

정말 아는 게 없었다. 내 멍청한 물음에 할머니는 "우야꼬 여자가 이리 몰라가…. 봄에 나는 가죽나물 모르나?" 하셨다.

가죽나물: 참죽나무의 어린잎을 가죽나물이라고 한다. 5월이 제철로 봄나물 중 가장 늦은 시기에 채취된다.

급히 스마트폰으로 가죽나물을 검색해봤다. 생긴 건 옻순 비슷하게 생겼는데, 나물도 무쳐 먹고 부각도 해 먹는다고 했다. 산중 스님들이 처음 먹기 시작했다는 설이 있는데, '참죽'은 스님들이 드시는 진짜 나물이라는 뜻에서 부르는 이름이었다고 한다. 다른 지역에서는 잘 모르지만 경상도에서는 별미라서 귀한 음식 축에 든다.

"어머니 이거 맞죠? (휴대폰에 뜬 사진을 보여드리며) 어머~ 이런 나물이 다 있네요. 신기하다~"

"맞다. 데쳐서 햇볕에 잘 말리고, 찹쌀풀 발라 말렸다가 튀겨 먹으면 돼. 남편이 술만 먹으면 가져오라고 했지…. 그게 얼마나 손이 많이 가는 줄 알아? 데쳐서 풀 쒀서 발라서 말려서 튀기고…. 징하다, 징해…."

두 시간 넘게 할머니의 징하디 징하게 살아온 이야기를 들으며 할머니 말투와 눈빛의 많은 부분을 이해했다. 그리고 그 집을 나올 때 할머니가 하셨던 말에서도.

“아가씨는 좋겠다. 이런 데 저런 데 다 돌아다니고~”

돌아가는 길에 먹으라고 할머니가 비닐봉지에 싸 주신 가죽 부각을 먹으며 나는 생각했다. 할머니가 다음 생에는 투명인간도, 구박받는 며느리도 아닌, 원 없이 여기저기 맘껏 돌아다니는 여행자로 사셔도 좋겠다고.

나와 다른 시대, 다른 환경, 다른 문화권에서 살아온 사람들을 만나다 보면 옳고 그름을 따지기보다 그냥 그들의 다름을 인정하고 받아들여야 할 때가 있다는 걸 배우게 된다. 이해할 수는 없어도 받아들일 수는 있게 되는 지점, 그것은 어떤 책에서도 배울 수 없었던 경험이었다. 그것이 내가 〈한국인의 밥상〉에서 그리고 그동안의 여행에서 얻어낸 것들일 게다. 쫄깃쫄깃 독특한 향이 나는 할머니의 가죽 부각도 다 먹어버리고, 다른 삶들을 체험할 수 있는 ‘밥상’ 찾는 일도 그만둔 지금 내가 또다시 떠날 곳을 물색하는 이유는 바로 그런 다름을 보고 이해하고 느낄 시간이 돌아왔기 때문이다.

〈한국인의 밥상〉 레시피 | 가죽 부각

1 참죽나무순을 잘라 살짝 데친 다음 꾸덕꾸덕 말린다.
2 찹쌀을 갈아 소금 간을 해서 풀처럼 쑨다(찹쌀풀 농도를 잘 맞추는 게 중요하다. 이때 고추장이나 고춧가루를 넣으면 더 깊은 맛이 난다).
3 말린 참죽나무순에 찹쌀풀을 바르고 깨를 뿌린다.
4 잘 말린 다음 기름에 튀겨 먹는다.

내 나이가 어때서

의령 꽃처녀들의 재장

아이고 이 분꽃 같은 내 얼굴
이렇게 될 줄 누가 알았나

거울같이 밝은 눈이 젊은 장님 되어오고
초롱같이 밝은 귀가 멍멍 부답 되어오고

박씨 같은 요년이 홍살문이 되었으니
아래탱이 코를 차고 두 볼테기 불매 불고

"무슨 노래예요?"
"내가 세월이 가는 게 가소로워서 하는 노래다, 가소

로워서."

의령 한우산 찰비계곡이라는 곳을 취재하러 갔을 때 그곳 어머님들에게 들은 노래다. 시골을 다니다 보면 이런 재미난 구전 민요들을 자주 들을 수가 있는데, 이 노래는 늘어가는 흰머리를 거울에서 확인할 때마다 한동안 자주 생각이 났다.

"박씨 같은 요년이 홍살문(붉은색의 나무문으로, 둥근 기둥 두 개에 지붕 대신 가느다란 나무를 좁게 세운 화살 살이 있는 것이 특징이다. 충신이나 효자 열녀를 표창할 때 세웠다)이 되었으니…."

거울을 보고 흰머리를 뽑으며 이런 생각을 하는 것이다. 박씨같이 희고 고르던 이는 다 빠져 홍살문처럼 되고 검은 머리는 파뿌리가 되어가는데 지금까지 이뤄놓은 게 뭐가 있나…. 흰머리에 어울리는 건 미니스커트보다 정장, 오피스텔보다 저택, 불안정보단 안정, 도전보다는 성공이라는 단어일 것만 같다. 그런데 흰머리가 쭉쭉 올라오고 있는 지금 나는 어떤가? 여전히 집 없는 전세난민에, 일자리도 불안하고, 안주하기보다는 도전해서 쟁취해야 할 일이 여전히 많지 않은가….

경상남도 의령 취재를 갔던 그 무렵에는 뒤통수에서

혹은 정수리에서 드문드문 발견되던 흰머리가 옆머리 앞머리 할 것 없이 진격해오는 통에 '이젠 백기투항하고 염색을 시작해야 하는 게 아닌가' 하는 우울한 고민을 시작할 때였다. 벽계마을은 지금은 거의 사라지고 없는 소 쟁기질을 하시는 어르신을 만나기 위해서 찾은 곳이었는데, 소 쟁기질도 쟁기질이지만 그곳에서 만난 할머니들이 내겐 더 인상적이었다. "홍살문~" 타령 속 주인공들 말이다.

할머니들은 재장이라고, 보리등겨(보리 껍질)를 부숴서 반죽한 것을 숯에 그을리고 발효시켜 채소나 양념을 넣어 먹는 별미 장을 만들어주기로 하셨다. 보리등겨를 부수고 반죽하고 도넛처럼 생긴 이른바 구멍떡을 만들고 숯불에 은은하게 세 시간가량 굽고…. 꽤 길고 복잡한 과정과 시간이 필요한 음식이었는데 네 분의 할머니는 만드는 내내 소녀처럼 발랄하게 농담을 하며 웃고, 끊임없이 노래를 하셨다. 할머니들의 애창곡인 〈내 나이가 어때서〉와 그 알 수 없는 노랫가락을 가진 이른바 〈홍살문 타령〉을 말이다.

"사랑하기 딱 좋은 나인데~♬"

"내 귀결이 좋지요?"

한 할머니가 반죽하다 말고 동그랗게 구멍을 내 도

넛처럼 만든 구멍떡을 귀에 걸친 다음 웃으며 물으셨다.

"귀걸이 억시루 좋다~"

이어 다른 할머니들도 연달아 귓바퀴에 구멍떡을 귀걸이처럼 걸고는 소녀들처럼 웃으며 장난을 하셨다.

나는 지금까지 나이 먹는 것에 대해 많은 오해를 하고 있었다. 중년이 되고 장년이 되면, 점잖아지고 아는 게 많아져 한편으론 고리타분하고 완고해지고 왕고집이 될 거라는 편견을 말이다. 어르신들을 내가 만든 틀에 넣고 형상화했던 것 같다.

하지만, 의령에서 만난 할머니들처럼 다른 지역의 할머니들도 여전히 소녀처럼 웃고 떠들고 장난을 하신다. 어르신들 역시 성격에 따라 아이처럼 천진한 분도 계시고, 점잖은 분도 계시고, 이기적인 분도 계시고, 관대한 분도 계시다. 점잖다고 계속 점잖기만 한 것도 아니다. 어떨 때는 아이처럼 천진했다가 어떨 때는 바보처럼 실수도 했다가 어떨 때는 도통한 사람처럼 보이기도 하는 것이다.

흰머리가 생기고 나이가 들면 완성형의 어른이 되어 매일같이 어른의 삶을 살 거라고 생각했던 건 내 오산이었다. 중년 역시 불안정하고 열정적이며 변화무쌍한 20대의 삶과 전혀 다를 바가 없다. 흰머리가 난다고 세상이 갑자기 훅 늙은 어른들의 세상으로 넘어가는 게 아니다. 삶은 그냥 똑같이 미성숙한 채로 이어진다. 중년이 된다고 저절로 돈이 많아지는 것도 아니고 성공이라는 게 훅 주어지는 것도 아니다. 다만 자기 스스로 그런 편견으로 인해 우울해지거나, 다른 사람들이 그런 편견을 이용한다는 게 좀 달라지는 점이랄까.

이를테면 이런 것이다. 후배들 앞에서 밥값이나 커피값이나 뭐라도 내지 않으면 면이 안 서는 것 같아서, 그게 중년으로서 어른으로서 당연한 의무라고 생각해 돈을 내면서도 뒤에서는 '나도 여전히 경제적으로 궁한데…' 하며 속 쓰려 하는 것이다. 그럴 거 뭐 있나, 그냥 솔직하게 "나 나이는 먹었는데 여전히 좀 가난해"라거나 "나도 오늘은 좀 얻어먹고 싶은데~"라고 말하면 안 되는 걸까?

사랑 역시 그렇다. 나도 어릴 땐 마흔 넘은 사람들이 사랑을 한다고 하면 뭔가 거북스러운 느낌이 들었다. 하지만 그 나이가 되고 보니, 나이 먹었다고 갑자기 사랑이란 게 사랑 아닌 딴 게 되지도 않고, 외로움이 훅 없어지는 것도 아니다. 여전히 나를 사랑해주고 내가 사랑할 누군가가 필요하다. 유행가 가사처럼 "내 나이가 어때서~ 사랑하기 딱 좋은 나인데~"라고 당당하게 말하는 게 더 자연스러운 일일 것 같다. 그게 여전히 미숙하고 불안하고 20대와 다름없이 성장하고 있는 내 자신을 인정하는 모습이 아닐까 싶다.

흰머리는 예상치 못한 순간에 불쑥 생겨난다. 마음으로는 여전히 내가 아직 어리고 미숙하고 불안정한 젊은이라고 생각하는데, 아니라고 정신 차리라고 뒤통수를 치듯 슥~ 발견되곤 하는 것이다. 그럴 때면 '늙었구나…' 체념해야 하는 게 아니다. '나이 먹음에 대한 내 편견과 다른 사람들의 편견을 깨면서 살아야 하는 시기가 되었네~'라고 생각하면 될 뿐.

〈한국인의 밥상〉 레시피 | 재장

1 보리등겨 중 좋은 것을 골라 가루로 빻고 물을 더해 도넛 모양('구멍떡')의 반죽을 만든다.
2 구멍떡을 왕겨 태우는 불이나 숯에 은은하게 세 시간가량 굽는다. 고소한 냄새와 함께 훈연도 된다.
3 잘 구워진 구멍떡을 보름가량 그늘에서 건조시킨 뒤 잘게 부숴 가루로 만든다.
4 보리쌀로 보리밥을 질게 짓는다.
5 구멍떡 가루와 보리밥을 소금, 무, 당근, 풋고추 같은 채소와 버무려 7~10일 정도 숙성시킨다.

* 숙성된 재장은 날것으로 채소를 찍어 먹거나 비빔밥에 함께 넣어 비벼 먹으면 맛이 그만이다.

다시
돌아오는 거야

웅어완자 매운탕

마음이 복잡하고 답답한 날에는 한강에 간다. 바닷가 출신도 아닌데, 한동안 강이나 바다를 못 보면 가슴이 답답한 게 고구마 세 개쯤 먹고 얹힌 기분이 든다.

쌩쌩 달리는 자전거족들과 나들이 나온 사람들을 피해 물살이 잘 보이는 조용한 구석에 앉는다. 습관처럼 강의 기분을 살핀다. 들이치고 내치는 물살의 키 높이를 보며 오늘은 마음이 고요한지, 성이 났는지 그것도 아니면 그저 무심한지 눈치를 살핀다.

코로나19로 출입이 통제된 브라질 해변에서 국제적 멸종위기종인 매부리바다거북 97마리가 태어났다는 기사를 본 적 있다. 인적이 끊긴 해변으로 큰 거북들이 알을 낳기 위해 몰려드는 장면도 놀라웠지만, 알을 깨고 나와 해변을 가로질러 바다로 향하는 새끼 거북들의 행렬은 그야말로 경이로웠다.

인간이 욕심을 줄이면, 얼마나 더 많은 경이로운 일이 일어날까? 또 하나의 한강 다리 공사가 한창인 주변을 둘러본다. 인간들이 이렇게 많은 걸 가지려고 안달하지 않는다면, 한강의 명물이었던 '웅어'도 돌아올 수 있지 않을까?

웅어는 한강 유역 행주나루의 명물로 소문난 물고기다. 웅어를 취재하면서 아직 한강에 어촌계가 꽤 많다는 사실에 놀랐었다. 그들이 한강의 마지막 어부들이 아니기를 진심으로 바랐다.

청어목 준치과에 속하는 웅어는 '썩어도 맛있다'는 준치의 사촌인 셈이다. 사랑채에서 조신하게 앉아 글 읽는 선비가 책장을 덮고 기어이 나들이를 가도록 꼬드기는 물고기라는 이야기가 있을 정도로 맛 좋은 생선이다.

> 촘촘한 그물을 강가에 펼치니
> 웅어 한 떼가 모조리 걸렸구나.
> 가는 꼬리는 은장도를 뽑은 듯
> 긴 허리는 옥으로 만든 자를 펼친 듯

잘 드는 칼로 회를 저며도 좋고
석쇠에 얹어 구워도 좋으리.
웅어란 이름 만인 입에 오르고
참된 맛은 집집마다 알려졌네.
—옥담 이응희의 〈웅어〉

근현대까지도 웅어는 한양의 별미였고, 생선 장수들이 거리를 돌며 웅어회 사라고 소리치며 팔기까지 했다는데, 나는 그 존재를 자료를 통해 처음 알았다.

"모내기 철이면 웅어 파는 사람들이 소리 지르고 다녔어, 웅어 사라고. 모내기할 때 새참으로 최고였잖아. 부잣집 새참으로는 웅어가 나와. 웅어가 새참으로 나온다는 날에는 '새참 언제 나오나~' 그 집 쳐다보느라 일을 못했지. 회로도 좋고, 머리를 다져서 동글동글 완자로 만들어 먹어도 참 맛있었지. 나는 젓갈을 담갔어. 웅어 젓갈로 호박 무쳐 먹으면 얼마나 맛있는지 몰라."

신도시라고만 알고 있었던 일산 인근에서 만난 한 마을의 주민들은 나는 알지 못했던 한강의 명물 웅어에 대해 여러 기억을 갖고 있었다.

한 어부는 이렇게 말했다.

"옛날엔 웅어가 그물코마다 다 걸릴 때도 있었어. 얼

마나 많이 걸렸는지, 밤에 보면 그물에 하얗게 매달린 게 다 웅어였어. 그물에서 바로 떼서 통째로 먹으면 고소하고 단 게 참 맛 좋아."

새참 음식으로 최고의 인기였다는데…. 젓갈까지 담갔다는데…. 귀찮을 정도로 많았다는데…. 그 많던 웅어는 다 어디로 사라진 것일까?

취재를 하며, 웅어 잡는다는 곳을 찾기가 참 힘들었다. 웅어는 민물과 바닷물이 만나는 기수역汽水域에서 주로 나는데 수중보가 생기고 물이 오염되면서 개체수가 준 것이다. 요즘에는 낙동강 기수역에서 조금 나는데, 그것도 중국에서 진미라며 수입해가는 바람에 시중에 팔리는 양은 예전만큼 많지 않다. 예전 행주나루에는 장어집보다 웅어 횟집이 더 많았다는데…. 지금은 먹고 팔 만큼 잡히지가 않으니 웅어를 파는 곳은 거의 사라지고 없다. 그래서 내가 기억하는 행주나루 인근은 장어집이 즐비한 곳이 된 것이다.

"이 많은 웅어를 어디서 구했대? 오늘 간만에 웅어 원 없이 먹겠다~ 회도 하고 완자도 하고 너무 좋다~"

우리가 옛 기억을 되살려 웅어 음식을 해달라며 고양시의 한 마을에 웅어 한 박스를 가져다드렸을 때, 마을 주민들은 보물을 얻은 것보다 더 기쁜 표정을 지으셨다.

"웅어 다져서 완자 하고 찌개 하면 기름이 좌르르~ 도는 게 엄청 맛있잖아. 머리랑 뼈는 튀기자. 튀겨서 씹어 먹으면 고소하고 맛있잖아. 어릴 땐 주머니에 넣고 다니면서 먹었는데…. 기억나지?"

반평생 먹고 살았지만, 언제부턴가 사라져 맛볼 수 없게 돼버린 웅어. 행주나루 인근에 사는 사람들은 그 맛을 잊지 못해 지금은 금값이 된 웅어를 비싼 돈 내고 부산 등지에서 사다 먹는다고 했다.

그 귀하다는 웅어를 처음 맛봤을 때의 기분을 잊을 수가 없다. 정말 달고 고소했다. 그 어떤 생선보다 더. 그리고 생각했다. 어르신들의 기억 속에선 고등어만큼이나 흔한 생선이었던 웅어를 나는 이제야 맛봤고, 미래의 아이들은 아예 맛보지 못하게 될 수도 있겠구나. 이 한강의 명물을.

사람의 욕심을 조금 줄이면 웅어는 다시 한강으로 돌아올 수도 있을 텐데…. 브라질 해변의 거북이들처럼. 더 많이 가지려는 욕심은 오히려 아주 중요한 것들을 잃게 만든다.

일도 많이 하고 돈도 명예도 많이 갖고 싶었던 나의 욕심은 내게서 여유를 뺏어 갔고, 검은 머리를 하얗게 만들었고, 온화한 성품 대신 짜증과 분노를 심어놓았다.

모든 게 변하고, 변화에 적응하며 살아야 하는 게 인생이지만 가끔은 생각해봐야 한다. 내 욕심이 정작 중요한 뭔가를 잃게 만들고 있진 않은지.

<한국인의 밥상> 레시피 | 웅어완자 매운탕

1. 웅어 머리와 뼈를 칼로 잘게 다진다(웅어는 내장 빼고는 다 먹는다).
2. 다진 웅어에 밀가루, 마늘과 파 다진 것을 넣어 동글동글하게 완자를 빚는다.
3. 냄비에 물을 붓고 무, 파를 넣고 고추장을 푼 뒤 어느 정도 끓으면 웅어 머리와 다진 마늘을 넣는다.
4. 팔팔 끓으면 완자와 청양고추를 넣고 소금으로 간을 해 한 번 더 끓인 뒤 먹는다.

세상엔 정말 착한 사람이 있다

약초꾼 가족의 옹기 옻닭탕

'왜 화를 안 내지?'

'언제 화를 낼까?'

'우리가 있으니까 화를 안 내는 거겠지~?'

'이젠 화낼 때가 됐는데~'

'이래도 화를 안 내? 정말 이래도 화를 안 낸다고?'

높은 나무 위에 지어놓은 평상에 우리와 함께 앉아서는 아래쪽 마당에 있는 아내에게 물 가져와라, 그릇을 가져와라, 음식을 가져와라, 이리 앉아라, 저것 좀 치워라, 저것 좀 잘 좀 보이게 해라…. 쉴 새 없이 심부름을 시키는 약초꾼 아저씨를 보며 난 아내 분이 언제쯤 화를 낼까, 조마조마해하며 지켜보고 있었다. 남편의 심부름에 따라 높은 사다리를 쉴 새 없이 오르내리는 아내…. 이제나저제나 이쯤 되면 세상 착한 보살이라도 표정이 바뀔 때가 되었는데…. 화를 낼 때가 됐는데…. 하지만 아내의 웃는 얼굴이나 물건을 전달하는 몸짓 어디에도 화가 난 기색이 없었다. 수차례 사다리를 오르내리면서도 말이다.

사춘기 아들이 학교에서 돌아왔다. 아빠의 주문은 아내에서 아들에게로 이어졌다. 아들도 아빠의 심부름에 따라 쉴 새 없이 사다리를 오르내렸다. 아버지의 심부름은 끝없이 이어지건만 아들 역시 얼굴 한 번 찡그리지 않았다.

'세상에 이런 사람들이 있나?'

걷다가 어깨만 툭 쳐도 '욱'하고 화가 나는 게 당연한 일인데 말이다.

약초꾼 아저씨는 아버지의 대를 이어 약초 캐는 일을 하게 됐다고 하셨다. 내친 김에 할아버지 할머니도 만나 보자고, 근처에 사는 어르신들의 집으로 갔다. 그곳에서 나는 또 한번 놀랐다. 어디서 착한 사람 되는 약초라도 단체로 캐 드신 건지, 할아버지도 할머니까지도 더없이 인자하고 너그러우셨다.

할아버지는 약초 여든 가지를 넣어서 만든, 가족들 모두 감기 한번 안 걸리게 한다는 약초물의 비밀을 아낌없이 풀어내셨다. 혹시 우리가 어디 몸이 안 좋은지를 묻고 살피시며, 잘 말려둔 둥굴레며 꾸지뽕이며 온갖 약초를 언제든 다 내어주실 태세로 말이다. 할머니, 할아버지, 아들, 며느리, 손주들까지 뭐든 내어주고 싶어 하는 참 이상한 가족이었다.

'세상에나…. 이런 사람들은 있을 수 없어. 이건 다 가식일 거야.'

의심이 스멀스멀 피어나기 시작했다. 의심은 내 직업병 중 하나다. 시사 고발 프로그램의 가장 중요한 덕목은 의심이다. 의심하지 않으면 왜 그런 일이 벌어진 건지, 그 일의 이면에는 어떤 일들이 실제 있었는지 알 수가 없다.

"그 범인 알고 보니 좋은 사람이던데? 그 사람이 그렇게 한 데는 다 이유가 있었어~"

한 시사 프로그램을 할 때, 사람 좋던 모 PD는 경찰서에 가서 범인을 만나고 오면 늘 이렇게 말했다. 미스코리아 시켜준다고 젊은 여성들을 유인해 성추행하고 성폭행한 의사를 만나고 와서도 그랬고, 노부부를 상대로 강도짓을 한 청년을 만나고 와서도 그랬다. 시사 고발 프로그램 PD로는 실격이라고 당시 난 생각했다.

세상에 핑계 없는 무덤은 없다. 누가 무슨 일을 저지르든 설사 그게 나쁜 일일지라도 다 이유는 있게 마련이고, 나쁜 사람일수록 남을 속이는 데 능하다. 범죄자뿐 아니라 일반인을 대상으로 할 때에도 한쪽의 이야기를 그냥 무턱대고 믿어버리면 시사 고발 프로그램에서는 균형을 잃고 잘못된 보도를 할 확률이 높다.

그런 일련의 경험들 때문에 내 의심병은 나이가 들수록 강화됐다. 슬프게도 일상생활에서도 말이다. 쉽게 사람을 믿을 수 없었고, 그들의 사소한 행동 하나하나에 의심을 싣고 있다가 확실히 이상하다는 생각이 들면 관계를 차단했다. 당연히 부작용이 컸다. 착한 사람들이 다가와도 믿지 못해 관계를 망치는 것이다. 그런데, 난 또 이 착한 가족을 보며 의심을 하고 있다.

스물이 갓 넘어 시집을 왔다는 약초꾼의 아내는 매일 아침 치아가 없는 시부모님께 국과 반찬을 만들어 가져다드린다면서, 힘들지 않으시냐는 내 물음에 '당연히 해야 할 일이 뭐 힘드냐'며 대수롭지 않게 답했다. 서울에서 가수가 되고 싶었지만, 아내와 사랑에 빠지면서 꿈을 포기하고 결혼해 시골로 내려와 약초꾼이 되었다는 남편은 약초를 캐러 다니는 지금이 더할 수 없이 행복하다고 했다. 가수가 됐어도 좋았겠지만 아내랑 결혼해서 아이들 낳고 사니 더 좋은 것 아니냐면서.

착한 가족은 끝까지 착하셨다. 아들과 산에 가서 약초 좀 캐주실 수 있겠냐는 말에도 웃으며 오케이, 근처 갯벌에서 낙지를 파서 죽을 좀 만들어주실 수 있느냐는 부탁에도 흔쾌히 오케이, 하루 종일 약한 불에 달여야 해서 시간도 많이 들고 손도 많이 가는 음식인 '옹기 옻닭탕'을 만들어달라는 당연히 귀찮을 부탁에도, 마땅히 해야 할 일인 양 그러자고 하셨다. 산에서 옻나무 가지와 옻잎, 약초를 채취해서 옹기 닭탕을 만들면 되겠다고, 다소 귀찮아도 옛 방식 그대로 기꺼이 해주시겠다며 웃으셨다.

전통 방식의 옹기 닭탕은 꼭 다뤄보고 싶은 음식이었는데, 시간도 정성도 너무 많이 드는 탓에 그동안 해주시겠다는 분을 찾기가 힘들었다. 이렇게 흔쾌히 다 해주시는 분인데, 내가 이분들의 마음마저 의심하다니!

'온실에서 잘 가꾼 화초도 주고 싶다' '어린아이만큼이나 큰 귀한 산도라지로 담근 술도 주고 싶다' '말려둔 약초도 주고 싶다' 우리가 떠나는 순간까지 뭐든 주고 싶어 하시던 가족의 모습을 보면서 나는 내 속의 분별 없는 '의심'에게 물었다.

'정말 착한 사람들도 있다는 걸 믿고 살면 안 되겠니? 착한 사람들을 의심해서 뭐 할 건데?'

아직 나의 의심병은 완전히 치료되지 않았다. 하지만 이제 의심이 스멀스멀 올라오면 약초꾼 가족의 옹기 닭탕을 떠올린다.

새벽부터 아들과 함께 옻 가지를 베고 약초를 채취해 와서 손질하고, 닭과 함께 옹기에 넣어 은근한 아궁이 불 앞에서 아내와 함께 하루 종일 옹기 옻닭탕을 만들어 주신 약초꾼 아저씨. 그 정성이 무엇을 만들어내는지를 나는 보았다. 물 한 방울 넣지 않은 옹기 속에서 옻의 수분과 닭의 육수가 우러나며 진짜 옻닭탕의 진한 국물이 완성되는 모습을.

이 착한 가족이 아니었다면 이런 진짜배기 옻닭탕을 어떻게 맛보겠는가? 긴 시간을 행여 탈까 봐 불 조절을 해가며 끓여내는 정성 없이는 절대 만들어지지 않는 진미이니 말이다.

사람의 선함을 믿지 않는 건 슬픈 일이다. 세상 사는데 큰 손해를 보는 일이기도 하다. 그들과 함께할 많은 좋은 일들을 못 누리게 되니까 말이다. 관계가 상대적이라는 건 이런 걸 두고 하는 말일 거다. 내가 상대의 선함을 보려 할 때, 상대도 나의 선함을 봐준다. 의심은 필요

하지만, 과하면 독이 된다.

이제 나는 누가 가끔 어깨를 쳐 욱하게 할지라도, 때로는 독한 듯 보이는 날카로운 눈빛을 드러낼지라도 그 속에 숨은, 은근히 우러나는 사람의 선함을 믿어보기로 한다.

〈한국인의 밥상〉 레시피 | 옹기 옻닭탕

1. 옻나무를 흐르는 물에 깨끗하게 씻어낸 뒤 옹기 사이즈에 맞게 잘라 충분히 넣는다.
2. 생닭의 배 속에 옻잎을 꽉 채운 다음 옹기에 넣는다.
3. 남은 공간에 옹기가 꽉 차도록 옻잎을 넣어 채워준 뒤, 밀가루 반죽으로 옹기의 틈새를 막는다.
4. 닭이 담긴 옹기를 가마솥에 넣고 하루 동안 중탕한다. 은근한 불로 계속 우려내야 하므로 불 조절이 가장 중요하다.
5. 진액이 충분히 우러날 정도의 시간이 지나면, 옹기 입구를 막은 밀가루 반죽을 떼고 진액을 맛본다. 마지막으로 닭을 꺼내 먹는다.

짜고 쓴 와중에 더 달달한

염전커피

내 인생 후반기에 누군가에게 이런 이야기를 하게 되지 않을까?

예전에 코로나 바이러스라고 있었어. 전 세계에 무섭게 퍼지는데…. 좀비 알지? 좀비에 비할 만큼 무서웠지. 미국 센트럴파크에 코로나 야전병원이 서고, 주가는 종잡을 수 없고, 상가들은 문을 닫고 경제고 산업이고 개인사고 다들 셧다운! 집에만 있던 시절이었지. 그런데 그거 알아? 사람들은 가만히 집에 있게 되면 오히려 재밌는 걸 더 많이 만들어낸다는 거~

난 그중에 '코로나 챌린지'라는 게 참 재밌더라고. 그게 뭐냐고? 예를 들어 이런 거야. '떨어져서 함께~'라는 플래시몹 챌린지라는 게 있었는데 말이지, 격리 상태에서 각자 발코니에 나와 노래하고 춤추고 집 외벽에 모든 게 잘될 거라는 내용의 글귀를 써놓는 등 사람들을 격려하고 그걸 찍어서 인터넷에 올리는 거야. 전 세계적인 물결이었지. 집에서 하는 '자가격리 챌린지'라는 것도 있었어. 파 심기, 퍼즐 맞추기, 달고나커피 만들기 같은 것들이 있었는데, 특히 달고나커피 만들기의 인기는 전 세계적이었지. 달고나커피? 그게 뭐냐고? 그건 나도 해봐서 잘 알지. 내가 해 본 유일한 자가격리 챌린지이기도 해.

집에서 안 나간 지 한 일주일쯤 됐나? 하루하루 방콕 하기가 지루하다 못해 짜증이 나던 무렵이었어. 하릴없이 인터넷 검색을 하다가 발견한 게 바로 달고나커피 레시피였어. 달고나커피는 커피가루, 설탕, 뜨거운 물을 같은 비율로 넣고 여러 번 저어 거품이 나면 그걸 더 힘차게 저어서 머랭처럼 만든 다음, 우유에 타 먹는 음료야. 어느 배우가 TV에 나와 학교 앞 달고나 같은 맛이라고 소개하면서 열풍처럼 퍼졌다고 해.

'열풍이라니 나도 한번 해볼까?' 하고 시작은 했는데…. 나 알지? 싫증 잘 내는 거. 언제나처럼 시작하자마자 곧바로 내가 왜 이걸 시작했을까 하는 후회가 밀려오더라. 그런데 어떡해. 이미 일은 벌여놓은걸.

내가 또 시작하면 어쨌든 끝은 보잖아? 그래서 커피가루(인스턴트 커피가 참 좋더라)를 비롯해 재료를 모두 넣고 걸쭉해질 때까지 미친 듯이 몇백 번을 휘저었지. 그래야 제맛이 난다더군. 그런데 이게 정말 사람 할 짓이 아니야. 휘핑 기계가 있었어야 해. 그냥 젓는다고 쉽게 만들어지는 게 아니더라고. 젓다가 안 돼서, '이게 정말 되는 건가?' 싶을 때까지~ 정말 팔 빠지게 저어야 만들어지는 거였어. 팔이 떨어져 나갈 만큼 미친 듯이 커피를 휘저으며 나는 생각했지. '이게 이렇게까지 할 일인가?' 그런데 다음 순간 왠지 픽 웃음이 나더라. 사는 게 별건가 싶기도 하고…. 그리고 그분들의 커피가 생각났지. 염전커피라고 알아? 그건 아마 나만 아는 커피일걸. 그분들의 커피도 참 달았지. 이제 그 이야기를 좀 해볼게. 내가 염전커피를 처음이자 마지막으로 맛본 건 아직 예전 일본식 가옥들이 남아 있던 오래된 염전에서였어.

"작가님, 염전커피 한번 마셔볼래요?" "염전커피요?" "여기는 이리 먹습니다." 염전 사람이 건넨 커피는 정말 맛이 깊었지. 더 자세히 말하자면, 짤 법한데 희한하게도 단맛이 더 깊은…. 그런 맛이었다고나 할까?

"좀 다르네요~ 단데…. 깊어요. 뭐 특별한 거 넣으셨어요?"

"소금이요."

맞아. 그분은 믹스커피 안에 커다란 소금 알갱이를 넣고 있었어. 그런데 왜 달지? 믹스커피의 단맛이 소금의 짠맛을 이긴 건가? 잠시 생각하고 있는데, 염전 직원분이 이렇게 말씀하셨지.

"작가님, 음식에 짠 거 넣으면 더 달아지는 거 알아요? 우린 옛날부터 소금 넣은 커피만 마셔요. 이게 더 맛있어서."

맞아, 원래 단 음식에 소금을 조금 넣으면 대비 효과로 인해 맛이 강하게 느껴지는 효과가 있다고 했어. 수박에 소금을 살짝 뿌려 먹으면 더 달게 느껴지는 것처럼. 일종의 단짠의 과학이겠지?

한번은 대만에 다녀온 친구한테 대만에 유명한 소금커피가 있다는 말을 들은 적은 있어. 하지만 그게 염전에서 맛본 염부들의 커피보다 맛있을 것 같지는 않아. 그날 그 커피가 그렇게 달게 느껴졌던 건 그날이 유독 덥기도 했고, 넓디넓은 소금밭에서 일하며 땀 흘리는 염부들과 함께 그들의 짠내 나는 이야기 끝에 맛본 '그들의 커피'여서이기도 했을 테니까.

열다섯, 열일곱 살에 염전에 들어와 허리가 굽고 주름골이 깊어질 때까지 염전 일을 했다는 여러 베테랑 염부들은 한결같이 소금이 달다고 하셨어. '왜에~? 소금이?'라고 생각했지. 염판을 깨끗이 쓸어내고 간수를 잘 빼고 이런저런 노하우를 더해 그렇게 맛있는 소금을 만들었을 수는 있지만, 소금이 달지는 않잖아? 그런데 그분들의 이야기를 계속 듣다 보니 어느 순간 소금이 달게 느껴지기 시작하더라. 세뇌라도 된 건가?

배가 고파 소금 주먹밥이라도 얻어먹겠다고 열세 살 나이에 염전에 들어왔다는 한 염부 할아버지는 과거엔 소금이 내리기 시작하면 아침 해가 뜨기 전부터 염판에 바닷물을 앉히고, 몇 개의 증발지를 거치는 동안 물을 퍼내고, 수차를 돌리고, 염도가 짙어진 소금이 결정지에서 알알이 맺힐 때까지 쉬지 않고 일했다고 하셨어.

"소금으로 몸이 젖는 거 알아요? 여름에는 몸에 소금이 껴서 허옇게들 하고 다녀. 어떨 때는 내 몸이 꼭 소금 같아."

20킬로그램씩 소금을 담은 소쿠리를 목도에 두 개씩 메고 소금을 지어 나르기를 수천 번 하셨는데, 그렇게 하다 보면 목이랑 허리는 목도에 맞게 굽어지고 삭신이 쑤신대. 행여 큰비라도 오면 소금이 다 녹아버리는데, 전 재산을 잃고 나면 눈물도 안 나온다고 그러시더라. 그래도 그때가 재미는 있었다고 할아버지는 말씀하셨어.

가을에 소금을 낼 때면 염부들의 사기를 돋우기 위해 소금 퍼내기 시합을 했는데, 양쪽에 20킬로그램씩 소금을 담은 40킬로그램짜리 목도를 매고 누가 더 빨리 소금을 내나 대결을 하는 거였대.

"상으로 개를 한 마리씩 줬어. 그거 타려고 열심히들 했지."

그렇게 상으로 받은 개고기나 돼지고기는 소금에 파묻어뒀다가 적절히 간이 되면 구워 먹었는데, 그 맛이 더할 수 없이 달았대.

"소금에 넣어두면 고기도 안 상해. 적절히 간도 배고 정말 맛있지. 여름에 조기철이 되면 바다에서 조기를 엄청나게 실어와. 그럼 그걸 그냥 소금에다 던지는 거야. 여기서 그렇게 간을 해서 가져가는 거지. 그렇게 간한 조기가 진짜 맛있어. 요즘 사람들은 그 맛을 모를 거야."

이런 이야기를 할 때, 염부 할아버지 얼굴이 얼마나 빛나 보였는지 알아? 주름골 사이사이에까지 웃음이 번졌더라.

땀이 나다 못해 염분으로 허옇게 맺히는 순간을 이겨내고 그렇게 맺힌 결실을 산처럼 쌓아놓은 다음 맛보는 소금, 그리고 힘든 시절을 추억이라 말하며 웃을 수 있는 지금 맛보는 소금, 달지 않을 수가 있을까? 그때부터였던 것 같아. 내게도 소금이 달게 느껴진 건….

최불암 선생님도 이런 말씀을 하셨지.

“나 한창 연극할 때 소주 안주로 뭐가 제일이었는지 알아?”

“돼지고기요?”

“아냐, 소금! 소주 한 잔을 쭉 들이켜고 굵은 소금 한 두 알을 집어서 입에 톡 넣는 거야. 얼마나 단지 몰라.”

20대의 선생님이 한창 무대에서 연극하던 시절, 가난한 연극쟁이들에게는 소금이 유일한 안주인 날이 많았대. 그때 그 소금 맛이 참 달았다고 하시더라.

“소주 한 잔에 소금 한 알 톡!”

“파~”

웃으시던 선생님의 얼굴이 한순간 청년처럼 보였지. 추억은 사람을 한순간 그 시절의 얼굴로 되돌릴 수 있는 힘이 있어. 난 그때 확실히 느꼈어.

찌르는 듯한 햇빛을 온몸으로 받아내며 소금을 수확하는 고됨과 그사이 동료들과 놀이를 하고 음식을 나누며 느꼈던 달달한 시간의 맛을 아는 염부, 그리고 무대 위 가난한 연극쟁이로 생의 이력을 단단히 다져온 최불암 선생님도 쓰고 짠 인생 속 단맛을 본 사람들이 아닐까? 어쩌면 소금의 단맛은 인생의 짜고 쓴 맛 가운데 다

디단 순간이 있다는 사실을 아는 사람들만 제대로 느낄 수 있는 것 같기도 해. 사는 건 대개 짜고 쓰고 만만치가 않아. 지금처럼. 그래도 잘 찾아봐야 해.

달고나커피든 염전커피든 내가 달달하게 느낄 수 있는 순간을.

〈한국인의 밥상〉 레시피 | 염전커피

1 커피믹스에 물을 기호에 맞게 탄다.
2 간수를 잘 뺀 오래 묵은 소금을 다섯 알갱이 넣는다.

특이하니까
좋은 거다

아버지의 특수부위 고기

"컴퓨터가 망가졌는데, 어떻게 살려야 해?"

아빠가 전화를 하셨다. 난 퉁명스럽게 물었다.

"뭐 중요한 거라도 들었어?"

뭐 그리 중요한 게 들어 있었겠냐는 투였다.

"응, 보트 만드는 방법을 정리해놨는데, 그게 다 없어졌어."

"엥? 무슨 보트?"

"배 만들어서 내년에 진수식 하려고 했는데…"

여든이 다 된 아빠는 재활용품으로 보트를 만들고 있다고 하셨다. 맞다! 나의 아버지는 이런 분이시다.

경찰관을 하면서도 미꾸라지 양식장 사업을 하셨

고, 개 농장을 하셨고, 시를 쓰셨고 시집을 내고 싶어 하셨다. 본업은 경찰관이지만 늘 세컨드 잡을 갖고 계셨던 분. 아버지는 늘 뭔가를 하고 있으면서도 또 다른 걸 하고 싶어 하셨다.

"난 하고 싶은 게 너무 많아. 유황 먹인 닭도 키워보고 싶고, 친환경 농법으로 농사도 해보고 싶고, 재활용품으로 배 만들어서 개울에 띄워 낚시도 하고 싶고…."

지금까지 해온 일만도 스무 가지는 족히 넘는 것 같은데…. 어떻게 하고 싶은 게 아직도 그렇게 많으실까? 가끔은 신기하기도 하고 부럽기도 하다.

아버지는 경찰관으로 25년 넘게 근속하셨다. 경찰관을 그만두고는 남들 다 한다는 치킨집부터 쌀집, 정육점, 만화방, 당구장 운영 등 수십 가지 직업을 두루 체험하셨다. 돈 버는 데는 운이 따르지 않았지만, 아빠가 그런 직업을 두루 섭렵하신 덕에 내가 방송작가 일을 하는 데는 큰 도움이 됐다. 〈한국인의 밥상〉에서 특수부위 고기를 주제로 하게 된 편도 따지고 보면 아빠 덕이다. 아버지가 정육점을 하신 덕에 우리 가족은 지금처럼 특수부위가 인기를 끌기 전부터 제비추리며 살치살이며, 갈매기살이며 맛있는 특수부위 고기를 다른 사람들보다 먼저 알고 즐겨 먹었다.

아버지는 발골을 하는 정형사는 아니었지만, 고기의 여러 부위를 잘 아셨다. 특수부위 취재를 하면서 나는 전문적으로 발골을 하는 정형사들은 어떤 부위를 최고의 맛으로 꼽을지 궁금했다. 평생을 고기를 다뤄온 사람들이 이야기하는 부위가 진짜 맛있는 부위 아니겠는가? 진미를 찾고 싶었다.

과거부터 우시장으로 유명했던 대구에서 20, 30년 경력의 정형사들을 여러 분 만났다. 그들은 말했다. 내가 익히 알고 있던 살치살, 제비추리, 토시살 같은 부위도 물론 맛있지만, 그분들이 일 끝나고 사석에서 꼭 챙겨두고 먹는 부위는 따로 있다고. 다름 아닌 돼지 유통(젖꼭지 부위!)이다. 박학다식하고 오지랖 넓은 내 아버지도 유통은 모르셨을 거다. 그곳 정형사들은 발골 작업이 끝나고 배가 고파지면 잡고기를 모아서 일명 짜글이탕을 끓여 드시는데, 거기에 돼지 유통을 꼭 넣는다고 했다. 넣는 것과 안 넣는 건 맛이 완전히 천양지차라고.

김치와 유통을 함께 볶다가 물을 넣고 끓이는데, 유통은 지방이 많아 찌개를 더 고소하고 달게 해준다고 했다. 더욱이 말만 잘 하면 공짜로도 주는 부위이니 일석이조가 아닌가…. 애초에 유통이라는 부위를 딱 집어서 사다 먹는 건 정육하는 사람이 아니고는 어려운 일일지도 모르겠다. 구하려면, 다양한 식감과 맛을 가진 특수 부위를 두루 취급하는 뒷고기 식당을 찾는 걸 추천한다. 그중엔 간혹 유통을 파는 곳도 있다고 하니 말이다.

나는 고기 특수부위를 취재하면서 이 뒷고기 맛에 진심 푹~ 빠졌다. 돼지 잡는 이들이 '너무 맛있어서 뒤로 빼돌린 고기'라 뒷고기라더니 정말 맛이 좋았다. 가브리살, 뒤통, 목덜미살, 목구멍살, 밤살, 돈설, 볼살…. 특수부위는 하나하나 양이 적은 만큼 제각각 독특한 식감과 맛을 낸다.

돈설은 쫄깃하고, 목 위의 밤살은 담백하고, 갈매기살은 쫀득쫀득하고, 볼살은 부들부들 고소하고…. 이렇게 맛이 다른데 왜 이걸 다 뭉뚱그려 '뒷고기'라고 불러야 하나 심히 아쉬웠다. 그리고 '왜 나는 이렇게 다양한 맛있는 걸 두고 맨날 삼겹살과 목살만을 사 먹고 있나?' 하는 생각도 들었다. 문득 네팔에서의 일이 떠올랐다.

네팔 포카라에 갔을 때 안나푸르나 베이스캠프(ABC) 트레킹을 하겠다는 내게 어느 현지 셰르파가 물었다.

"너도 거기로 갈 거야? 너희 한국 사람들은 왜 모두 같은 코스만 가? 다른 길도 많고, 그 길 중간중간에 예쁜 마을도 얼마나 많은데 왜 꼭 ABC로만 가려고 해?"

그의 말이 맞다. 길이 얼마나 많은데 왜 남들이 가는

길로만 가려고 할까?

다른 맛이 있을 거라는 걸 알면서도 삼겹살 목살만 먹고 사는 거나, 안나푸르나를 체험하는 데는 다른 길이 많이 있다는 것을 알면서도 네팔에 가면 의례적으로 ABC만 가는 건 어쩌면 삶에 대한 예의가 없는 걸지도 모르겠다. 무성의하게 아무 생각 없이, 남들처럼 하면 편하니까, 적어도 욕은 안 먹으니까…. 그냥….

작년 스페인 남부 여행에서 만났던 친구 생각이 난다. 그는 살사를 너무 좋아해 전 세계의 살사 클럽을 도는 게 삶의 낙이라고 했다. 이번에도 스페인 말라가와 프랑스 파리의 살사 바를 갈 거라고. 함께 간 말라가의 살사 바와 그가 즐기던 살사 춤은 내게도 깊은 인상을 남겼다.

여행이란 이런 건데…. 자기 좋을 대로 하는 것! 책 속의 맛집, 여행지에 발 도장을 찍는 게 아니라 내가 좋아하는 것을 찾고 보고 즐기는 것, 그런 건데…. 인생 또한 여행과 마찬가지 아닐까?

그런 면에서 나의 아버지는 특수부위를 골고루 알고 인생을 즐기며 사는 분이다. 자신이 원하는 것, 하고 싶은 것을 끊임없이 찾아내고 실행하는 분이니까. 물론 그것이 돈벌이가 안 돼 매번 엄마에게 '돈만 쓰고 쓸데없는 짓 한다'는 핀잔은 듣지만 말이다.

6년 전 아버지가 부여로 귀촌을 하실 때 나는 막연히 생각했던 것 같다. 아버지는 이제 더 이상 아무것도 하지 않을 거라고 말이다. 마치 아버지의 인생이 멈춰버리기라도 한 것처럼. 하지만 그건 큰 오해였다. 내 아버지는 늘 남들과 다른 자신의 길을 찾아내는 사람인데…. 잊고 있었다. 아빠를 보며, 남들처럼 살려고 기를 쓰고 뒤를 쫓느라 내가 좋아하는, 내가 살고 싶은 인생이 어떤 맛인지 잊고 사는 나의 삶을 깊이 반성했다.

호불호는 갈려도 소량이어서, 특이해서 더 오래도록 혀끝에 남는 매혹적인 인생의 맛을 다시 찾아야겠다. 남들이 가는 길이 아닌, 내 길을 가야지.

〈한국인의 밥상〉 레시피 | 유통 김치찌개

1. 돼지의 유통 부위를 먹기 좋은 크기로 썬다.
2. 썰어놓은 김치와 유통을 냄비에 넣고 센 불에 볶는다. 유통이 어느 정도 익었을 때 약간의 물을 넣고 끓인다.
3. 준비한 채소(양파, 대파, 청양고추, 간 마늘)를 넣고 끓여 마무리한다.

술이 문제긴 한데, 비가 오면 생각나는

초피전과 물김전

눈을 떴는데 밤처럼 어둡다. 휴대폰 시계를 보니 7시 30분. 비가 온다. 사방이 축축하다. 그래도 컨디션은 나쁘지 않다. 어제 후배들과 김치전에 막걸리를 먹고는 술을 더 먹지 않았다. 그 덕이다. 집에 와서 또 혼술을 했다면 이렇게 말끔한 컨디션으로 일어나지 못했을 것이다. 요즘 나는 술이라는 달콤하지만 위험한 유혹에서 벗어나기 위해 애쓰고 있다.

살다 보면 못된 습관이 삶 속에 파고들고, 그 습관들이 삶을 망친다. 그런 순간은 끊임없이 찾아온다. 가끔은 산다는 게 못된 습관을 몸속에 차곡차곡 쟁여 넣으며 순백의 도화지 같은 삶을 어지럽히는 일 아닌가 싶다. 하지만 순백의 도화지에 어떤 것이라도 그리지 않으면 의미가 없지 않은가…. 일단 그리고 나서, 엉망이 되었으면 수정을 하는 게 더 그 쓰임에 맞다고 혼자 위로해본다.

어쨌든 내게는 술이 바로 그런 못된 습관이다. 대학교 1학년 때 처음 그 맛을 봤고 맛본 순간 내 몸이 술에 최적화돼 있다는 걸 알았다. 방송 일을 하며 폭음 전성기를 맞이했고 그렇게 오래도록 마셔온 결과 지금은 몸에서 술을 거부하는 지경에 왔다.

'그만 먹어라, 충분히 먹었다.'

흔히 말하는 '지랄 총량의 법칙'처럼 '네 몸엔 지랄만큼 알콜이 충분하다'고 이성은 끊임없이 경고하지만, 오늘처럼 비가 쏟아지고 마음이 축축해지고 사방에 어둠이 내리면 또다시 술과 술친구와 술안주로 가장 적격인 전 삼총사를 찾게 된다. 순전히 개인적인 생각이지만, 기름에 고소하게 부쳐낸 전과 비는 세상에서 가장 잘 맞는 궁합이다.

〈한국인의 밥상〉 답사를 갔을 때 전라도에서 만난 어느 아주머니가 그 이유에 대해 명언을 남기신 적이 있다.

"전 부칠 때 밀가루가 기름에 튀는 소리가 빗소리를 닮았당께~ 그랑께 비 오믄 겁나게 전이 먹고 싶어져부러~"

그래서인지 정말 빗소리만 들으면 주막집 아낙처럼 나는 전과 막걸리를 찾는다.

내가 비 오는 날 떠올리는 전 삼총사는 '김치전, 물김전, 초피(제피)전'이다. 물김에 밀가루와 땡초를 넣고 살짝 부쳐내는 물김전은 고소하고 달기가 어느 전에 비할 바가 아니다. 외딴 섬에 있다가 나와 허기가 잔뜩 진 상태에서 처음 맛본 전이라 아직까지도 그렇게 맛있는 기억으로 남아 있는지도 모르겠다.

당시 나는 신안 인근 섬의 음식을 취재하느라 배 타고 작은 섬들을 답사하고 있었다. 낙지가 많이 난다는 한 섬을 찾았다가 식당도 없고 취재 상황도 여의치가 않아서 종일 쫄쫄 굶고 다녔다. 저녁 무렵에 그날 마지막으로 만나기로 한 곱창김 양식하는 집을 찾았는데, 아내 분이 갓 채취한 물김으로 김전을 부쳐두셨다.

곱창김은 원래 다른 김보다 꼬들꼬들 오돌오돌하고 맛이 좋기로 유명하다. 그 물김에 굴도 넣고, 매콤한 청양고추까지~ 거기에 시장기까지 더하니 배를 타서 멀미 기운이 있던 입에도 세상 이런 진미가 없었다.

거짓말 안 하고 한 접시 가득 부쳐놓은 물김전을 네 명이 게 눈 감추듯 먹어치웠다. '씹지 않아도 그냥 식도로 넘어간다는 게 이런 거구나' 하면서 얼마나 맛있게 먹었던지 지금도 그 맛은 잊히지가 않는다. 피곤과 바닷바람에 절어 있던 몸이 단박에 깨어나는 것 같은 신기한 경험이었다. 핑계 같지만 그래서인지 나는 지금도 유난히 피곤한 날에는 술 한잔과 그 물김전이 너무나 고프다.

시골에선 '제피'라고 하고 표준말로는 '초피'인 초피전은 지리산 자락에 있는 남원 막내 이모네 시골집에서 먹어봤다. 집 앞 초피 잎을 뚝뚝 떼서 고추장 넣고 장떡처럼 해서 부쳐주셨는데 딱 손바닥만 한 것이 진한 향에 짭짤함까지 더해져 그야말로 중독성 있는 맛이었다.

경상도에선 주로 방아(배초향) 잎으로, 전라도에선 주로 초피 잎으로 전을 해 먹는데 독특한 그 향과 맛은 한번 맛 들이면 안 찾고는 못 배길 매력을 지녔다.

이모네 시골집에서 그 초피전을 먹으며 집 앞에 매일 그런 특별한 전을 부칠 수 있는 재료가 있다는 건 축복받은 일이라고 생각했다. 비가 오고 초피전이 먹고 싶을 때면 '베란다에서 초피를 좀 키워보면 어떨까?' 하는 생각을 하기도 한다.

아무튼 그렇게 나쁜 습관이 돼버린 술이라는 얄궂은 녀석이 요즘은 또 한번 변이했다. 술 마시고 들어와 집에서 꼭 혼술을 하는 버릇이 생긴 것이다. 나는 다른 술버

릇은 딱히 없는데 술을 먹으면 속에 있는 말을 해버리고 만다. 내 치부들을 드러내는 것이다.

술을 먹고 '나는 너에게, 너는 나에게 특별한 사람'이라고 서로 아무리 이야기를 해도 다음 날이 되면 다 없는 이야기가 되곤 하는데, 신기하게도 누군가의 험담을 하거나 내 치부를 드러내면 그건 술 취한 와중에도 상대에게 완벽하게 각인돼 다음번에 내 삶에 똥을 투척하는 데 크게 일조한다. 술자리에서 내가 한 실언들이 나중에 내 발목을 잡고, 친구를 적으로 돌리고, 결국 배신감에 치를 떨게 한다는 사실을 알고 나서부터는 사람들과 술을 먹는 게 두려워졌다. 대신 혼술을 하게 된 것이다.

혼자 테이블에 앉아 조도를 낮추고 술을 잔뜩 마시며 보고 싶었던 TV도 맘껏 보고, 춤도 추고, 혼자 잡소리도 하고…. 반 정신 나간 사람처럼 하고 싶은 것을 다 해보니 세상에 이보다 더 좋은 게 없다 싶었다. 혼술을 하면서 나답지 않게 영화를 보며 펑펑 울고, 박장대소를 하고, 막춤을 추고 세상에 다시없을 오버를 하고 나면 그 다음 날은 비 온 뒤 말짱하게 개는 것처럼 기분이 상쾌한 것이다.

하지만, 이 혼술이 잦아지고 습관이 되면서 문제가 시작됐다. 체력은 약해지고 주량도 줄었는데 술이 술을 먹으니 마시는 양은 많아져 다음 날 상쾌함은커녕 하루 종일 침대 신세를 져야 하는 지경이 된 것이다.

끔찍한 상황이다. 술 많이 안 마시겠다고 술친구들 모임까지 다 정리했는데, 미친 듯이 혼술이라니 이 무슨 말도 안 되는 꼴이란 말인가. 술은 내 젊은 날을 기쁘게 해줬고 일터에서의 분노를 삭여줬고 여러 관계를 잇기도 하고 끊기도 했지만 이제는 적당히 안녕을 고할 시간이라는 생각이 든다.

전에 최불암 선생님께서 촬영이 끝나고 나면 촬영을 위해 끌어올린 열기를 술로 식히신다는 이야기를 들은 뒤부터 나도 그 핑계로 녹화나 원고를 끝낸 날은 늘 술을 먹곤 했었는데, 내가 선생님의 행동에서 하나 배우지 못한 게 있었다. 선생님은 아무리 술을 드셔도 9시 전에는 꼭 귀가하신다. 적당량이 되면 이제 그만~!

이런 원칙과 정도를 지키지 못할 거라면 아무리 좋은 것이라도 안 하는 게 낫다.

정도를 지켜 비 오는 날 '전 삼총사와 막걸리'의 기쁨을 오래도록 누릴 것인지 아니면 아예 끊을 것인지 생각해보라고…. 나쁜 습관에서 헤어나지 못하는 나에게 나는 경고를 한다. 적당히 좀 마셔라! 쫌!

〈한국인의 밥상〉 레시피 | 물김전

1 물김과 손질한 굴을 그릇에 담는다.
2 부침가루를 적당히 넣어 섞는다.
3 물을 조금 넣고 손으로 반죽한다.
4 프라이팬에 기름을 두른 뒤, 주먹만 한 크기로 물김전을 부친다.

장애물은
넘어야 맛

말테우리 추렴 음식과 배설회

2017년 겨울의 끝자락, 살벌하게 추운 서울의 공기를 피해 따뜻한 제주에 가고 싶었다. 다행히 제주도 수렵철과 〈한국인의 밥상〉 답사 일정이 꼭 맞았다. 제주는 독특한 꿩 음식이 많은 곳이 아니던가. 제주 사농바치(사냥꾼) 문화를 취재해보리라, 꿩 음식을 중심으로 사농바치 문화를 담겠다 마음을 먹고 관련 음식과 문화에 대해 샅샅이 뒤졌다.

뜻이 있는 곳에 길이 있다고 사전 취재를 잘 끝내고, 이른 봄기운을 제주에서 느끼겠다며 제주행 비행기에 몸을 실었다. 역시 제주 바다는 언제 봐도 아름답다. 하지만 그보다 더 신비롭게 내 마음을 끄는 건 제주의 중산간 지역이다. 숨겨진 이야기가 많아서일까…. 우리는 해안도로를 달려 제주의 사농바치 문화가 시작되고 발달한 중산간으로 향했다.

"산도 들도 푸르구나~ 제주는 역시 따뜻해~ 답사를 하고, 맛있는 제주의 음식을 먹고, 한밤의 해안가를 거닐까? 아니면 별 구경을 할까? 룰루랄랄라~"

신이 나서 양껏 행복 회로를 돌렸다. 그런데!

"어쩌나, 서울서 오셨는데…. 사냥이 금지됐어요, 어제부터. 조류독감 때문에…."

수렵 전면금지! 청천벽력 같은 통보였다. 설마 조류독감이 내 발목을 잡을 줄이야….

'이미 비행기는 탔고, 렌터카와 숙소 예약까지 다 되어 있고, 진행비는 진행비대로 썼고…. 어쩌란 말이냐?'

난감했다. 제주도는 진행비가 다른 지역보다 많이 드는 탓에 벼르고 별러야 갈 수 있는 촬영지였다. 정신없이 달리다가 대형 유리벽에 사정없이 부딪히면 이런 기분일까? 목적지를 잃고 망연자실해 차에 앉았다.

차에서 바라본 제주의 초목은 눈이 시리도록 푸르고 햇살은 따사로웠다. 사농바치 문화를 대신할 뭐든 찾아야 한다! 눈이 빠지게 자료를 읽다 귀퉁이에서 '말'과 관련된 이야기를 발견했다.

'그래, 말이 있었지! 말도 먹긴 하는데~?'

하지만 확신이 서지 않았다. 그 사랑스러운 눈망울과 어여쁜 갈기를 휘날리며 달리는 말을 먹는다고? 너무 잔인하다 싶었다. 그런데, 또 달리 생각해보면 이게 제주의 문화이고 과거부터 먹어온 토속 음식이 있다면 못 할 게 뭔가 싶기도 했다. 팀원들과 상의를 했다. 팀원들도 말고기에 대해서는 약간씩 거부감이 있었다. 하지만 어쩌랴? 외길인 것을. 일단 가보기로 했다.

현장 섭외를 하는 사이사이 답사를 다녔다. 그렇게 제주 중산간의 역사 깊은 말 목장도 찾아냈다. 그리고 그곳에서 '말테우리'의 존재를 알게 됐다. 말테우리는 바람과 영혼의 땅이라는 한라산과 수백의 오름을 누비며 살아온 제주 목동을 말한다.

제주 목축문화는 탐라국 시대까지 거슬러 올라갈 만큼 역사가 오래됐는데, 특히 고려 때 원나라에서 들어온 문화가 제주마의 혈통뿐 아니라 말테우리의 음식과 말 다루는 기술에도 고스란히 남아 있다.

말테우리들이 말을 부르는 소리나, 말의 두수를 세는 방식이나 단어는 몽골과 상당히 유사하다. 지금은 산에서 먹고 자면서 말과 소에게 풀을 먹이고 돌보던 전통적인 말테우리들은 거의 사라졌지만, 목장 사람들의 기억 속에서 나는 그 시절 이야기를 찾아낼 수 있었다.

"몇 달에 한 번씩 마을 사람들이 무리 지어서 산 위 목장으로 가요. '말테우리가 우리 말을 잘 보살피고 있나' 보러 가는 거죠."

"어떻게 말 상태를 알아요?"

"잘 먹은 말은 엉덩이가 펑퍼짐하고 색깔이 고와요. 뼈가 삐죽 나오고 털이 까칠하면 뭔가 문제가 있는 거죠. 병에 걸렸거나 진드기가 많거나…. 그럼 바로 확인해서 진드기 약을 주든가 치료를 해야 해요. 말 주인들이 길게는 일주일까지도 머물면서 말 상태를 살피죠."

"그럼 산속에서 음식은 어떻게 해 드셨어요?"

"올라갈 때 돼지를 한 마리씩 몰고 가서 잔치를 열 때도 있었죠, 불에 털을 그을려서 바로 잡아요. 살은 집에 가져갈 수 있게 공평하게 나누고 내장은 즉석에서 바로 먹지요. 특히 생간이랑 배설이 진미예요. 배설 모르죠? 작은창자를 배설이라고 해요. 정말 맛있어요."

추렴하는 날이면 서로 먹겠다고 다툴 정도로 생간과 배설은 목장 사람들이 좋아하는 음식이라고 했다. 누군가는 영 비위가 상한다고 할지 모르겠다. 하지만 밀가루와 소금으로 잡것을 제거하고 손질해 즉석에서 내장을 먹는 목장 사람들의 모습은 몽골의 어느 초원에서 본 유목민을 닮은 것도 같고 어색함 없이 자연스러웠다.

"배설 썰지 마~"

"맞아, 통째로 먹어야 맛있어."

어르신들은 한입에 내장을 털어 넣었다.

"어떤 맛이에요?"

"고소하고 시원한 맛이 있어요. 정말 시원해요."

"여기에 식초 넣고 양념해 먹으면 또 별미죠~ 몸 안 좋고 기운 없으면 우린 단체로 이 배설회를 먹으러 가요. 그럼 기운이 나죠."

고소한데 시원한 맛이라…. 짐작도 안 되는 맛이다. 목장 사람들이 군침 돌도록 맛깔나게 생내장을 집어 먹는 모습을 보고 그들의 핏속에 아직 옛 유목민의 문화가 흐르는 것 같아 경외심까지 들었다.

말테우리가 사라지고 말 목장 또한 유명무실해진 지금도 유목민으로 살아온 흔적은 음식으로, 생활방식으로, 몸속 어딘가로 대대손손 이어지고 있구나 싶었다. 그리고 이런 문화가 그냥 이대로 사라진다는 게 안타까웠다. 물론 기록으로, 영상으로야 남겠지만 초원을 달리며 "어러러럴~ 어러러러러러~" 하고 말을 부르는 힘차고 자유로운 기상을 담은 외침을 생생하게 들을 곳이 사라진다는 건 슬픈 일이다.

“예전 제주에서는 말이 밭을 다져야 했어요. 제주는 흙이 날리는 토양이다 보니까 다져주지 않으면 씨앗이 뿌리를 내리지 못하고 다 들려버리죠. 그렇게 밭 볼리기를 하지 않으면 농사 못 지어요. 우리 같은 말테우리가 밭 볼리기를 해주면 쌀밥을 줬어요. 귀한 생선 조림도 해주고. 그야말로 특식을 해준 거죠.”

4대째 말테우리를 해왔다는 한 어르신은 지금은 사라진 풍습에 대해 말씀해주셨고, 중산간 마을의 한 할머니는 말테우리가 밭을 볼리던 그 시절을 담은 자작시 한 편을 보여주셨다.

50, 60년대에는 우리 집 소와 말이
제일 일 잘하는 머슴이라
밭 갈고 짐 실어 나르고
새끼 키워 그넹 돈 벌게 하고
그땐 없어서는 아니 될 고마운 짐승들
이제는 한가로이 목장 잔디밭을 거니는구나

조류독감으로 제주의 수렵이 금지되지 않았더라면 전혀 알지 못했을 문화였다. 어르신들의 머릿속에만 남아 있는 그 시절 밭 볼리기 풍습과 말테우리들의 삶, 마을 공동 목장에서의 이야기를 아예 모르고 살았을지도 모른다. 조류독감! 처음엔 날벼락인 줄 알았는데, 결과적으로는 길조였다. 그리고 포기하지 않은 덕이다. 살아가는 건 마치 장애물 경주를 하는 것 같다. 한고비 넘으면 또 한고비가 나타나고 그 고비를 넘어서기 무섭게 또 다른 장애물 앞에 마주 선다. 불안감을 떨치고 장애물을 넘지 않으면 새로운 세상을 알 기회는 사라진다.

꿩 수렵을 할 수 없다고, 말고기는 내키지 않는다고 포기하고 제주를 떠났다면 나는 말테우리의 존재를 모르고 살았을 것이다. 새롭게 아는 것을 하나 더 늘린다는 것 하나만으로도 장애물은 넘을 가치가 충분하지 않을까? 막다른 벽은 감사하게도 장애물을 넘을 수 있는 발판이 돼주기도 한다. 포기하지만 않는다면 말이다!

〈한국인의 밥상〉 레시피 | 배설회

1. 신선한 돼지 배설을 물로 씻은 다음 밀가루로 한 번 더 씻는다(2~3회 반복).
2. 돼지 배설을 먹기 좋게 썬 뒤 식초와 술 반 숟갈을 넣어 비린내를 잡는다.
3. 굵은 소금, 쪽파, 청양고추, 다진 마늘을 넣어 양념한다.

구해줘, 밥

초판 1쇄 인쇄 2020년 8월 19일
초판 1쇄 발행 2020년 8월 27일

지은이 김준영
펴낸이 이상훈
편집인 김수영
본부장 정진항
편집1팀 김진주 김단희
마케팅 천용호 조재성 박신영 조은별 노유리
경영지원 정혜진 이송이

펴낸곳 한겨레출판 ㈜ www.hanibook.co.kr
등록 2006년 1월 4일 제313-2006-00003호
주소 서울시 마포구 창전로 70 (신수동) 화수목빌딩 5층
전화 02) 6383-1602~3 팩스 02) 6383-1610
대표메일 book@hanibook.co.kr

ISBN 979-11-6040-417-3 03810